# 少女福尔摩斯 ②
## 丧钟馆杀人事件

皇帝陛下的玉米 著

上海社会科学院出版社
SHANGHAI ACADEMY OF SOCIAL SCIENCES PRESS

# CONTENTS 目录

001 引子
002 Chapter 01

012 Chapter 02
023 Chapter 03

040 Chapter 04
050 Chapter 05

065 Chapter 06
080 Chapter 07

| | | |
|---|---|---|
| 093 | Chapter | 08 |
| 110 | Chapter | 09 |
| 120 | Chapter | 10 |
| 139 | Chapter | 11 |
| 156 | Chapter | 12 |
| 175 | Chapter | 13 |
| 194 | 尾声 | |

# 引子

早些时候，在临近A市的海岸一带发现了一具女性尸体。死者在陈尸地附近的山崖上留下了自己的身份证件和写有"我走了"三个字的纸条，警方很快就将这起单纯的自杀事件调查清楚并且结案。原本，这只会是刊登在地方报纸社会版角落位置的一则不起眼的报道，没想到却成了名侦探（自居）夏落和她的助手（临时）慕斯记忆中抹不去的血腥事件的导火索。

# CHAPTER 01

　　在很多人看来,距离A市一百五十多公里的原崇县已经和乡下没什么差别了。物产不算丰富,位置偏僻,也没出过名人,唯独旅游资源还有开发的潜力;没有时髦的街道,没有林立的楼房,唯独竹子多到让人心烦,这样也算是原崇县的特别魅力。

　　夏落提着一个小小的行李箱走下长途汽车的时候,时间已经接近中午。站在这个偏僻地方的车站前边,放眼望去,四周都是看不到尽头的绵延的群山,还有山上那成片的郁郁葱葱的竹林,她心里惦记的却是午饭的事情,紧跟着她下车的慕斯倒是发出啧啧的赞叹声。

"哟嗬！大自然——"她绑住马尾的蝴蝶结发带昭示了这个近来没怎么出远门的女孩的灿烂心情。

"慕斯，我们可不是来度假的哦。"夏落转过身提醒慕斯，语气倒不是老板批评下属的那种，而是带着一点点撒娇意味的随意态度。

"还不是因为你！"

慕斯每次一提起这话茬儿就气不打一处来。好不容易得到固定节目的演出机会，偏偏因为整个节目组被卷入离奇的杀人案导致节目停播，而那个号称能呼风唤雨的制作人更是成了既可怜又可恶的被害人。自己无端丢了工作不说，还被经纪公司冷藏，偶像这条路何止曲折，简直就是荆棘满途。

夏落把一根棒棒糖塞在嘴里，信步走上通向前方村子的小路。正是刚入冬的时节，已经能感受到寒风阵阵，道路两边的树木也只剩下几片孤零零的枯黄叶子，光秃秃的树干斜插过头顶，给飘着厚重云朵的天空带来几分阴郁的色彩。

这样的日子其实不适合出远门，最好是披一条毯子卧在沙发上安安静静地看书。

不过夏落有不得不跑来偏远山村的理由——一份委托。

身为侦探，对奇怪诡秘的委托当然不能坐视不理，不然的话，侦探之神夏洛克·福尔摩斯可是会降下责罚给她的，坏了名声事小，将来吃不上饭可怎么办？

"夏落，你走慢一点，我跟不上啊……"慕斯吃力地跟在夏落身后，这山村的路其实不难走，让她痛苦的根源在于她所带的行李。

"谁让你搬那么多东西出门的？搞得像要搬家一样。"夏落也不管慕斯的苦闷，自顾自走着。

慕斯拖着她的行李箱，脖子上还挂着一个旅行包，活像一个欠了一屁股债临时跑路的小厂长。

"换洗衣服啊、应急药物啊什么的总要带的吧？去山里总得想着万一发生意外该怎么办不是吗？你的零食也放我包里才是关键吧？那个才真的重死人！"

"别急嘛，我会分你一半的。"

"重点才不是这个咧！"

"啊，好像迷路了。"夏落觉得理亏，于是生硬地把话题转移开，但显然，这突兀的转折只会让人更加不安。

慕斯这才回过神来，前后左右看了看，除了石头和竹子以及脚下的一条小路，当真连个人影都没见到。

"我们到底来干什么啊？"

慕斯把行李一摊，坐在行李箱上。天空还是阴沉沉的，在山里迷路的滋味可比这天色更加不舒服。真的倒霉透了，丢了工作，还要给这个不着四六的吃货侦探打工，现在又在山里迷了路。

这时候，从远处过来一个骑自行车的人。那是很容易辨认的、任何村子都会配备的村警务室专用的自行车，所以远远过来的那个人自然就是这村子里的民警了。对找不着方向的夏落和慕斯来说，那简直就是她们的救星。

"两位，A市来的？"村警停在夏落和慕斯面前，从自行车上下来，也没有用公事公办的口气，倒是给人很亲和的感觉，脸上带着从小在乡下地方长大的淳朴，见到夏落和慕斯这种从大城市来的女孩子，说话都带着微妙的弱气。顺便提一下，这位村警也是一个年纪和夏落她们差不多的女孩。

"是。"夏落点点头。

"我就说嘛……"那女孩挠挠头，自信地说，"大城市来的女孩子，身上的味道一闻就知道。"

因为带着城市钢筋混凝土的臭味和汽车尾气的油腻味吗？慕

斯心想。

"这小地方也没什么风景，特产就更别指望了，所以两位是来走亲戚的吗？"

这就是所谓的对陌生人的盘问吗？慕斯心想，自己看上去应该也不像什么可疑人物。

"不，我们是来找人的，宋清源先生的别墅，您知道在哪里吗？"夏落很认真地回答道。

也许之前的谈话气氛过于融洽，直到听到"宋清源先生的别墅"这几个字的时候，对方竟然露出十分不安的表情，这落差来得太突然，让人忍不住会在意，连迟钝的慕斯都察觉到了不对劲。

"难道我们找错村子了？"夏落见对方发愣，于是追问道。

"啊？"回过神来的小村警意识到自己失态，于是用几声咳嗽将刚才那尴尬的气氛轻轻带过,"知道的,知道的。宋老先生在这一带可是非常有名的,听说赚了很多钱,在这里买了房子养老。我刚好出来巡逻,可以顺路带你们去那栋别墅。"

"谢谢哦,还不知道你的名字呢。"

"方小缘,叫我小缘就行了,我是这里的村警。这村子就两个村警,老赵,还有我。老赵是我领导,不过前几天闪了腰正在家里休息,现在警务室大大小小的事都由我管着。有什么事就打电话到警务室,这里虽说是乡下地方,但保证太平。"

挺爽快的一个人——慕斯又更新了对这位叫方小缘的村警的印象。

也许难得看到大城市来的人,又加上都是年纪相近的女孩,方小缘一路上特别能聊,言语间也能听出她对A市的向往。慕斯和夏落相视一笑,对这个不怎么会掩饰自己的心情,同时又很风趣的女孩子多了几分好感。

在方小缘的带领下,夏落和慕斯顺利地找到了她们的目的地。那原本是一座带钟楼的西洋教堂,被改造成了私人别墅,隐蔽在山林后头的孤立建筑,在村子里显得格格不入。

"我爷爷的爷爷那时候,就有外国人来这里建教堂传教,还给人治病,你们看到的那个钟楼就是教堂的顶。教堂已经废弃了好多年,直到前些年被那个宋老先生买了下来,又把这钟楼改造成别墅,自己一个人住里头。他从来不和人来往,所以村里人也不清楚他的为人。啊,我就送你们到这里了。"

方小缘只把夏落她们送到别墅外面,便觉得已经完成任务。看样子,她似乎迫不及待要离开这地方。

"稍等一下可以吗?"夏落叫住她。

"还有什么事啊?"方小缘问。

"你好像很怕这里,可以告诉我原因吗?你看我们两个是从外地来的,不懂这里的规矩,要是有什么要注意的,事先知道也不会惹麻烦。"细心、周全,这就是侦探夏落的素质。

"这个嘛……"方小缘犹豫了一阵儿,最后还是决定说实话,"在外人面前其实我不该说这种话,不过能和你们聊那么开心一定是缘分,我就偷偷告诉你们好了——"

"嗯?"看方小缘一副神神秘秘的样子,慕斯也有了兴趣,把注意力从不远处那年代颇久的教堂尖顶移到方小缘这边来。

"这地方啊……不吉利……"

人民警察说这种话没问题吗?明明是初冬,慕斯额头上却有豆大的汗珠淌下。

"怎么不吉利了?"夏落毫不在意方小缘的话有多违背科学,有时候这个不吃饱就无法推理的大侦探也研究神话和民俗。在此之前,夏落曾不止一次地和慕斯提起童谣杀人是多有"格调"的犯罪手法。

侦探和神棍有时候仅仅一步之遥呢。慕斯心想。

"就是啊,死过人的,晚上老会出怪事……你们最好小心一点。我们这里可是给这栋别墅起了名字的呢……"

"名字?"

"丧钟馆——"方小缘吐出这三个字时的表情,是前所未见的嫌恶。

"丧钟馆",这栋坐落在偏远山村里,由荒废的教堂改建而来的奇怪别墅,便是夏落和慕斯此行的目的地。

方小缘话音刚落,手表上的时针、分针和秒针刚好在十二点的位置重合。她们身后这栋建筑,那高高的钟楼上由机械控制的大钟敲响了,整整十二声,一声比一声悠长,让听到这声音的人打从心底发凉。夏落和慕斯还不知道,这钟声真的成了死神的催告,开始为这别墅里的某个人唱响坠入地狱的歌谣。

# CHAPTER 02

穿过铁门,沿着弯曲的石子路走进那阴森森的大院子,真正接近那名为"丧钟馆"的不祥之地时,夏落和慕斯才看清这古旧建筑的细节。

首先映入眼帘的便是那颇有年代的爬满藤蔓的外墙,由于是入冬的时节,藤蔓只剩光秃秃的茎,给这栋本就古旧的建筑蒙上了更加神秘的色彩。那之下的建筑是三层洋房,完全是西班牙风格的装修,最高的钟楼目测有十米的高度。顶端那口铜铸的大笨钟用肉眼也能看出其年代的久远。并不难想象她们的委托人宋清源选择这里做别墅的原因——根据夏落此前的调查,委托人宋清源是一个非常富有的茶商,同时也是一名古玩收藏家。这么一座颇有历史的带钟楼的教堂，可以说是非常值得炫耀的"收藏品"了。

院子右侧是一片空地，停着几辆汽车，想必还有其他的客人登门。夏落和慕斯虽然是受了邀请前来，但侦探显然不是可以大咧咧地和造访客人一同登门的职业，对于委托人这种有失妥当的做法，夏落稍微留了个心眼。

时间是正午十二点零五分，夏落和拖着大件行李的慕斯终于按下了委托人别墅的门铃。稍等了片刻，一名青年为她们打开大门。

虽然用了"青年"来形容人家，但是夏落眼前的这个男人论年纪也差不多三十岁的样子，或许还更年长一些，不过因为穿着打扮都很得体，胡须也剃得非常干净，所以看上去还挺清爽。这男人穿的是非常精神的管家服，看来是这栋别墅的管家。只是让慕斯意想不到的是，这栋位于偏僻山村的别墅居然会配备年轻管家。在她的印象当中，老房子的管家怎么着都应该是老态龙钟、眼神诡秘的老头子或者老婆婆之类的。

"两位是夏小姐和秦小姐吧?"没等夏落自我介绍,管家先开了口。看来委托人事先已经交代过。

"我是夏落,你好。"夏落点点头,"宋老先生委托我来的。"

非常得体并且礼貌的回应。

"我是这里的管家,我叫何霖仁。先生事先已经吩咐过,两位请随我到大厅休息。行李就让我来拿好了。"管家训练有素地接过慕斯手里的行李,但他显然低估了慕斯那个行李箱的重量。

"我的行李有点重呢……"慕斯不好意思地说。

"哪里哪里。"管家何霖仁礼貌地笑着,额头却因为用力过度而冒出汗来。

跟随管家从正门进入大厅,这栋别墅的内部便一目了然。如果从外头看还会觉得有些破落,实在无法相信这是一个富商安享晚年的别墅的话，那么真正走进房子里，夏落和慕斯才有了大开眼界的感觉。

用"豪华""气派"这样的词来形容似乎有些不合适，尽管装潢确实很贵气，但真正给两个女孩带来震撼的，还是这房子从里到外散发出的那种古典气质。不仅仅是吊灯和壁炉，还有那些摆放在显眼位置的古玩以及绝妙地契合了这建筑整体风格的古风家具。足以见得这别墅的主人，也就是夏落她们的委托人宋清源是个相当有品位的有钱人。

夏落和慕斯进门后首先看到一座巨大的鱼缸，这也是整栋别墅当中最具有现代感的东西，倒不是说不和谐，相反地，会让客人觉得进门后首先是一群鱼儿迎接自己的方式还蛮特别。绕过鱼缸，走到大厅中央，下一步台阶，这一片是供宾客休息和交谈的区域，用沙发围成U形，壁炉在沙发的左侧。右侧有个小房间，女佣从里头端着茶点走出来，看来应该是茶水间。上二楼的楼梯位于大厅的后方，左右两排旋转而上，是相当精致的木制旋梯。不过这栋建筑里最引人注意的，还是位于左右两架旋梯中间的那一部老式电梯。那种只有在老电影里才能看到的手推铁栅门的电梯，两个电钮控制上下，启动的时候会发出"喀拉喀拉"的巨大的机械响声。这部老式电梯在左右两边楼梯的簇拥下显得非常抢眼，立在一栋仅仅只有三层的别墅当中不能不说很突兀，可是，这古旧的玩意儿偏偏又和建筑本身的风格很配。

"三层别墅里居然会有一部电梯？"慕斯露出吃惊的表情。在这个偏僻的山村里，她所感受到的震撼足够她之后上综艺节目大谈特谈一阵子了——如果她还能接到工作的话。

"小姑娘，看来你一点也不懂大哥的品位呢。"一个男人说。

夏落刚进来的时候已经注意到大厅中的人，三男一女。看穿着也不是普通人的样子，相互之间虽然相熟却还没有到亲密的地步，大概都是宋清源请来的客人。

"今天有先生每半年举办一次的收藏品鉴赏会，这些都是先生收藏界的朋友。两位小姐不用拘谨，请随便坐。茉莉，你招呼客人，我去通知先生，客人已经到齐。"何霖仁管家对女佣吩咐道，随后自己走上楼梯。

"真有意思，大哥今天居然会请两个小姑娘。"还是刚刚说话的那个人，四十岁上下，蓄着小胡子。

"我叫宋清川，是宋清源的弟弟。"那个人开始介绍自己，俨然一副主人的架势，接着他又向夏落和慕斯介绍了其余三个人。

"正在喝茶的叫项远野，是个主任医师，也是古玩圈子里有点名气的人。正和他聊天的是周长道，是个古玩商人。坐在你们对面的是柳歆闻，收藏专栏的作家。"

叫项远野的人，高高瘦瘦，年纪在四十到五十岁之间，表情不多，看样子是个稳重的人。他旁边的周长道看起来则是那种讲话不经过大脑的马大哈，中年人的福态在他身上表露无疑，脸给人的印象就是不太会干好事的商人。而那个叫柳歆闻的女人，三十岁左右，戴着眼镜，斯斯文文，正忙碌地敲着手提电脑。

"我叫夏落,是个侦探,这是我的助手秦慕斯。"夏落随后也自我介绍说。

如同死神的手镰剐在脖子上,大厅里顿时安静下来,所有人对夏落和慕斯投以警惕的眼神。在他们听到"侦探"两个字的同时,那掩饰不住的吃惊表情显然不只是对这个特殊职业的好奇,更多的则是隐藏其后的不安和猜测。不管怎么说,有侦探上门总没好事。

"呵哈哈哈哈……"为了打破尴尬,宋清川做作地笑了几声,另外三个人才惊觉自己的失态,收起了那些叫人在意的情绪。

"侦探来这里做什么?难道有人发出预告要偷这里的古玩吗?"宋清川半开玩笑地问。

"这别墅里难道还有国宝级的文物不成?"夏落反问道。

"那可没有,虽然大哥的收藏当中也有不少名品,但真要说算得上国宝级别的,我还没见过呢。半年一次的鉴赏会其实也就是几个志同道合的朋友聚一聚,顺便看看我哥的新'玩具'罢了,可没那么特别呢。"这话不知道是真心相告还是转移话题,总之在那之后,宋清川便选择了沉默。

这时候,别墅的电梯突然启动,发出"喀拉喀拉"的巨大机器声响,吓了大家一跳。电梯升上去片刻又落下来,一个男人从电梯里走出来,是个一米六出头的其貌不扬的男人。

慕斯站在夏落身边,用只有她们能够听清的声音悄悄地说:"夏落,该不会这个人就是委托人宋清源吧?"

夏落不动声色。

"欢迎大家来到我的别墅,老朋友们都好久不见了。还有两位新客人请不用拘束,我是宋清源,很高兴你们今天能够从A市赶来,就把这里当成自己的家吧。现在,请大家和我一起去餐厅用餐吧。"

宋清源已经七十多岁了，但讲话声音中气十足，应该不用为他的健康问题担忧。

"真的很难想象这其貌不扬的男人居然是富甲一方的茶商……"慕斯自言自语起来。

"真相往往就在这种不会被人留意到的地方，凶手往往会是最意想不到的人。"夏落小声回了一句。

"别说这么不吉利的话啊……"慕斯吐吐舌头。

自打和夏落同住一个屋檐下之后，慕斯就感觉自己厄运不断，出外景遇上杀人案丢了工作不说，做了夏落的助手之后，更是接二连三撞上凶案。夏落到底是侦探还是死神，慕斯已经有些搞不清楚了。

其他人似乎早就知道宋清源平日的作风，对于别墅主人这种奇特的登场方式并没有表现出惊讶。

"请随我到餐厅。"跟在宋清源身后的何霖仁管家正站在电梯口，像一名优雅的侍者，对客人们做出请的手势。

众人走进电梯，纷纷和宋清源寒暄，表面看去就是许久不见的老朋友叙旧，可不论是夏落还是慕斯，她们都看得出，这些人的眼睛里没有半点真诚。就像一群戴着面具的演员，在这栋被赋予了不祥称号的老房子里上演着一幕尔虞我诈的讽刺剧。

那部看起来像老古董一样的电梯内铺了厚厚的地毯，四周由双层栅栏隔开，能看到外头的情景，仿佛一个巨大的笼子。电梯里头相当宽敞，即使有周长道这样的胖子在，所有人站在里面也不会觉得拥挤。直到慕斯最后一个抱着原本放在沙发旁边的行李走进电梯的一瞬间，电梯却猛地一沉，发出了超载的警报声。

"叫你不要带那么多东西……"夏落发出不满的声音，可是看她表情似乎并不是责怪慕斯在众人面前做出丢脸的事情，而是怪她耽误了上楼吃午饭的时间。

这位大侦探每天睁开眼睛只做两件事，思考，还有吃。

"行李……还是我帮秦小姐搬上楼吧……"何霖仁管家走出电梯,嘴角抽搐着说道。显然,那一大包东西让他很有心理阴影。

电梯栅门合上的时候发出"吱呀吱呀"的声音,宋清源按下上升的按钮,电梯便在猛烈的摇晃当中缓缓上升。那齿轮转动的声音响彻耳边,只有身在电梯当中的人才能明白这种难以言喻的感觉。像置身于一座牢笼,说不出的压抑。

"喀拉喀拉——"

"喀拉喀拉——"

仿若来自地狱的笑声。

# CHAPTER 03

　　如同进入了时光隧道，在那个大铁笼子徐徐上升的时候，透过电梯的铁栅门可以看到地面正在远离，这种感觉很奇妙。

　　夏落隐隐约约有一种直觉——不安，就像她过去每一次面对诡秘的委托时所产生的那种不安。她稍稍侧过脸去细细打量她的委托人，这个男人虽然在和其他人愉快地交谈，可是自始至终，似乎也在偷偷观察身边的人。直到视线和夏落对上，他才微微对她点了一下头。

　　夏落想起前几天接到的这位委托人的邮件，这个男人快递了一份包裹来，里面有三个信封，其中一个信封上写着"夏落亲启"的字样。信里很简短地写了一段话——

有人想要害我，请务必在下面这个日期来府上进行调查，具体等见面之后再详细说明。在此附上定金以及地址。

相当复古的做派。

另外两个信封，其中一个装着写有五位数金额的支票；另一个信封里，就是这栋别墅的具体地址和交通线路图。委托人做得十分周全，这也让夏落对这个事件产生了浓厚的兴趣。

之所以在这个时候请自己过来，难道是因为想要害宋清源的人，就在他今天邀请的这些客人当中？

众人坐电梯上二楼，其实也不过两三分钟的时间。二楼电梯口，刚刚在楼下招待客人的名叫茉莉的女佣已经在守候。这位年轻的女佣穿着规规矩矩的英式女仆装，领子和裙子都严严实实，绝对不会让人产生半点奇怪的联想。夏落猜她二十岁都不到，大概高中一毕业就马上出来找工作了。她笑起来还有些生涩，但是掩盖不住那种青春与活力。在这偏僻山村的别墅里，一个已经退休的商人，一个正值而立的青年管家，一个年轻活泼的女佣小姐，这样的组合，似乎能演出相当多的故事。至少在电影或者电视剧里，导演和编剧总会乐此不疲地对这些元素进行创作。

"各位好，我是这里的女佣秋茉莉，餐厅请这边走。"她对客人们做了一个请的手势。

"是新来的女佣吗……"夏落喃喃道。

慕斯听到这声嘀咕，好奇地问："你怎么知道的？"

"这里每半年就举行一次聚会，如果不是新人，是不会向熟悉她的客人做这种介绍的。这里只有我们两个是第一次来而已。"夏落随口说道。

走在前面的茉莉听到，转过头来对夏落和慕斯甜甜一笑，说:"夏小姐很细心,我是两星期前才来这里做事的。"

很用心的女佣,夏落和慕斯只在大厅里介绍了一下自己,她便很快记住了。

众人跟着茉莉来到餐厅落座。桌上已经摆满了丰盛的菜肴。夏落和慕斯一早起来风尘仆仆地从A市赶来,这会儿已经接近下午一点,什么东西都还没吃过,早就饿得前胸贴后背,看到这一桌美食,哪里还能保持女孩子的矜持?

更何况夏落在面对食物的时候,"矜持"两个字就会自动被屏蔽掉。

所以自打她进入餐厅,什么侦探的自律,什么委托人的神秘委托,什么不安的第六感,统统抛到了九霄云外,谁要是阻拦她吃饭,绝对会被她诅咒到见不到第二天的太阳。

"吃饭是人生头等大事",大侦探夏落的至理名言可是用大大的毛笔字写在绢纸上,挂在她们那间公寓的公共休息室的墙上的。

"祝各位用餐愉快。需要酒水或者饮料请尽管吩咐。"茉莉等客人落座之后,开始向在座的所有人杯子里倒红酒。

坐在主位上的别墅主人宋清源穿着考究的衣裳,胡子也修剪得非常整齐。这个老者的面容似乎因为睡眠不好稍显憔悴,除此之外倒非常有气色,是个从外表上看相当健康并且稳重的人。

他用勺子敲打着盛有红酒的酒杯,在正餐开始之前,他有话要说。

"感谢各位今天能从老远的地方赶来,特别是两位侦探小姐。"宋清源举着酒杯向夏落和慕斯示意。

项远野接话道:"这可真是稀奇哪,老宋你居然会请侦探来,还挑在今天,是想调查我们几个吗?"

夏落看了他一眼,那是带着一点点不愉快的质问口气,作为客人,看来他并不是那种会奉承讨好主人的人。

"项老弟你误会了,只是我个人的一点私事而已,至于日子嘛,凑巧罢了。对吧,夏小姐?"

夏落很配合地点点头,说:"因为刚刚结束手头一个案子,于是就过来了,并不知道今天是各位聚会的日子,非常抱歉。"

相当漂亮的场面话。

但是,慕斯知道,宋清源的委托信里明确写着,请她们两个务必在这个日子前来。其中到底有什么隐情?

宋清源接着说:"希望这些微薄的酒食能够合你们的胃口。房间已经为大家准备好,午饭后大家可以回房稍作休息。和以前一样,下午三点正式开始我们的古玩鉴赏会,我会在收藏室等待你们的到来。"

接着他又像发现了什么地方不寻常，转头问女佣："霖仁他去哪了？"

"我在！"

直到这时候，管家何霖仁才扛着慕斯那一大箱子的行李满头大汗地走进来，显然搬运这东西上楼费了很多力气。

"秦小姐，你的行李在这里了。"

这滑稽的一幕引得客人们发笑，只有慕斯满脸通红，恨不得把头埋进盘子里。

"别埋，脸油会把食物弄脏的。"夏落提醒慕斯。

"你应该担心食物把我的脸弄脏才对吧！"慕斯吐槽回去。

结果又引得客人们一阵哄笑。

在愉快的午餐时光中，夏落一直偷偷关注着她的委托人宋清源，到底所谓的"被害预感"是怎么回事？这一切到底是他的臆测，还是确有其事呢？这位委托人在这个特殊的时间把她们请来这栋别墅，却迟迟没有找她们谈委托的事情，难道想要害他的人就在这些客人当中？

这时候，夏落又注意到午餐当中的一个细节，管家何霖仁拿出一封信交到宋清源手里并对他耳语了几句，宋清源突然脸色大变。

"非常抱歉，我突然有事情要办，有什么需要尽管对霖仁和茉莉说就是。下午三点我会准时在一楼收藏室等各位，先失陪了。"

宋清源留下这番话便匆忙离开了餐厅。但是夏落发现了，在他起身的瞬间，目光和自己对上的那几秒钟，眼里是恐惧和求助的神情。

他手里的那封信难道是恐吓信件？从他连内容都没看就已经

方寸大乱的态度就能看出，应该不是第一次收到这样的信件了。

是谁？

谁会这么做？

夏落把在座的四个客人一一打量一遍，每一个人都以一种完全不知情的态度和身边的人交谈，愉快地进食，没有人关心宋清源为什么要中途离开，也没有人在意宋清源脸上那些不安。亲近又陌生的感觉——他们真的是朋友吗？

"喀拉喀拉——"

又是这个声音传入耳朵，电梯再一次启动。方才宋清源离开之后，女佣茉莉便将他没有吃完的食物放上餐车，由管家何霖仁推着离开餐厅，看样子是要送到主人的房间去。

"喀拉喀拉——"

这声音死气沉沉的,毫无美感,听着就让人打心底里不舒服。住在这样的房子里,每天听到这老电梯上下的声音,这栋别墅的主人宋清源难道不会心烦吗?

午饭结束后,管家何霖仁又周到地为大家送上水果,前一秒还满脑子委托人和案件的夏落马上又转变成餐桌杀手,又是一次愉快的进食。

"呜呜呜呜……能来大份真的太好了!"

慕斯从来没吃过那么丰盛豪华的午餐,要不是顾及自己客人的身份,又碍于女孩子的形象,她非把整桌的食物都吞下去不可。当然,夏落是没有这样的顾虑的,或者说,在这方面她压根儿就缺乏礼仪方面的常识,这一点从女佣茉莉、管家何霖仁以及另外四个客人满脸看到怪物的神情中就能看出一二。

等大家吃完午餐,起身回各自的房间休息时,已经接近下午两点。

满足地拍打自己的腹部,感觉生活从来没有这么充实过的夏落这才想起房间的事情,她问管家:"何管家,我们的房间在哪里?"

"这就带你们去,只是……有件事要先向两位道歉!"管家何霖仁致歉说,"因为先生提前一天才告诉我两位小姐要到访,现在别墅里只有一间可以用的客房。如果不介意的话,可以请两位住一间吗?"

"不介意。"

"介意!"

夏落和慕斯同时发出不一样的声音。

"有什么关系嘛,我们不是住一个屋檐下的吗?"夏落噘起嘴巴来。

"不要说这种叫人误会的话!我们是住在同一个房子里,并不是同居的关系！"慕斯很在意夏落这种暧昧的说法。

"要是慕斯小姐觉得困扰的话，我的房间可以让出来。"女佣茉莉说。

"不不不不。"慕斯又不好意思起来，她倒不是讨厌夏落，只是因为要在别墅里过夜，她还没有心理准备和夏落睡一张床，可如果为了这件事就叫女佣把自己的房间让出来，她会更加不好意思。思前想后，她也只能接受管家的提议。

"我还是和夏落住一间房吧。"

"放心吧，我不会笑话你打呼噜的。"夏落不知道出于什么样的判断说出这种话来，态度上似乎是在安慰慕斯。

"才不会打呼噜呢！倒是你，要是对我毛手毛脚的话，我可是会打人的哦！"

"我像那种人吗？"夏落笑起来，那笑容完全看不到一丝真诚。

"像!"慕斯斩钉截铁地回答。

"太好了。"管家何霖仁松了口气,"那我现在带你们去客房休息,那个行李……"

何霖仁指了指放在餐厅角落的那个大行李箱,虽然不情愿,但出于职业操守,他还是向慕斯表示了自己可以帮忙搬运行李的意愿。

"我自己拿就好了!"慕斯赶紧说。

"何管家,那些人的房间都是固定的吗?"夏落突然问。

"是的,宋清川先生是先生的弟弟,他在别墅里本来就有自己的房间。其他三位客人因为每半年会来一次,所以他们的房间也按自己的喜好固定了下来,从来没有变过。"

"这别墅有三层,二楼是客房和餐厅的话,三楼是宋老先生的房间吗?"

"是的,三楼是主人的卧室和书房。"

"这里除了聚会之外,平时没有人来吗?"

"先生除了过年和避暑,大多数时候是住在这里的。"

走出餐厅,沿着走廊往前走,夏落和慕斯的房间在走廊尽头,距离那部电梯最近的位置。房门打开着,钥匙就插在锁孔当中。那个房间是标准的客房,和酒店很相似,装潢同样很古风,并且只有一张大床。

"住在这里?那电梯上上下下不是会被吵死?"慕斯皱起了眉头。

"不会的,这里的墙壁是隔音的,可能会有一些轻微的响动透过房门传进来,但是绝对不会被电梯的声音打搅。当然,要是有人站在外头尖叫那就另当别论了。所以这一点请放心。"管家何霖仁的解释打消了慕斯的顾虑。

进了房间，放下行李，慕斯做的第一件事不是马上扑到床上，而是从壁橱里拿出一床被子，并以微妙的中线把床分成左右两个区块。

"听好哦！我睡左边，不准你越过中间那条线。"就像为了和女同学澄清关系的害羞男生一样，这样的慕斯简直是纯情到呆的地步，"还有，想换衣服的话，给我去洗手间换，不准在我面前脱，还有还有……"

"知道啦知道啦！"夏落随口答应着，在房间里走来走去，把每一件家具都仔仔细细看一遍，又站在窗口朝外眺望。

慕斯之所以这么说，是因为在两个人成为室友之后，夏落总是穿得很清凉就从房间里跑出来，或者从外头回来之后，毫无顾忌地在她面前换衣服。夏落在破案方面堪称精密得如同机器一般，在生活方面却相当大条。

上天是公平的,夏落对此解释道。

"要是真的公平的话,麻烦把你的身高分我五厘米。"慕斯酸溜溜地说。

"要不三围也分你一些?"

"谢谢你啊!"

"慕斯——"

"又想干吗?"

"有人……一直在外头盯着我们这边——"

"咦?"

慕斯从床上跳下来,跑到窗口,顺着夏落手指的方向,远远地看到一个鬼鬼祟祟的身影。慕斯认得,是那个叫方小缘的村警。她站的地方并不显眼，却因为那身警服的颜色和身边事物的强烈反差而被辨认出来。

　　她就那么站着，没有任何动作，用意味不明的表情一直看着这栋仿佛被施了诅咒的别墅。

## CHAPTER 04

下午三点,管家一一敲开了客人的房门,通知大家去一楼的收藏室。

"连我们也一起?"慕斯露出难以置信的表情。按理说她们两个原本不在邀请之列,对古玩也一窍不通,去参加古玩鉴赏会,怎么想都不太合适。

但是管家何霖仁说:"先生吩咐过,请两位小姐务必参加。"

"越来越搞不明白宋老先生的想法了。叫我们过来,又不见我们，还叫我们两个外人参加这种内部的聚会，到底是想干什么嘛！"慕斯挠挠头。

"有什么关系呢，就当去开一下眼界。古玩这种东西，我们这些小老百姓可是很少能见到的。"

"整天和杀人案以及杀人凶手打交道的家伙有资格用'小老百姓'这种称呼自居吗？"慕斯吐槽夏落说。

"走吧。"夏落说着，把一根棒棒糖塞进嘴里。

慕斯很在意夏落的这个举动，夏落在思考的时候就会吃棒棒糖，这么说她并不是抱着玩玩的心态行动的咯？

走出房间，在走廊的尽头右拐，便到了电梯那里。医生项远野、古玩商人周长道和杂志编辑柳歆闻已经集合在电梯口，唯独不见宋清川。

"清川！你还不出来吗？"项远野开始叫嚷。

"不会还在睡吧？"周长道说。

"一直都是这样，没有时间观念。"柳歆闻抱怨着。

"我刚才敲门的时候听到宋先生的应答，他应该马上就来了，请再耐心等等吧。"管家何霖仁打圆场说。

"不等了，让他自己走楼梯！"项远野似乎一直都是这种急脾气，说话又直又快。

"对，不等了。"周长道附和着，看不出来这个人有什么自我主张。

"啧。"柳歆闻就蹦了这一个字出来。

只有夏落不动声色，一直在观察这几个人。

"那……好吧。"管家何霖仁犹豫着，最后还是听从多数人的意见。他按下电梯按钮，把停在一楼的电梯升上来。门打开以后,他站在电梯口,对所有人做了一个请的手势。

当所有人都进了电梯之后,迟迟不见人影的宋清川终于从房间里出来,匆匆忙忙把一件外套穿在身上,三步并作两步向他们跑来,一边跑还一边说:"刚刚上个厕所,不好意思啊。"

管家何霖仁没有按下向下的按钮,而是重新打开电梯门,把宋清川迎进电梯。

"何霖仁管家真有耐心啊,要是换了我,恐怕会发飙呢。"慕斯小声对夏落说。

"你不会的。"夏落笑笑回答她。

"你怎么知道不会?"

"因为你是抖M(受虐狂)。"这是夏落的回答,和推理无关,完全是凭直觉讲的。

"人家才不是！"慕斯气得直跺脚。

宋清川虽然是宋清源的弟弟，可给人的感觉和宋清源完全不同，很多方面都会让人觉得十分轻浮，比如迟到的小插曲，用心虚的笑容来打破尴尬的气氛以及完全没有反省的态度。从另外三个人的表情也看得出来，仅仅是因为他有着宋清源的弟弟这个身份，他们才没有对他发火。但要说喜欢，绝对谈不上。

真是相当复杂的"朋友关系"。

"那么，各位，我在楼下等你们。"管家何霖仁站在电梯外头挥挥手，并按下了向下的按钮。

"喀拉喀拉——"

电梯的声音永远叫人不愉快，加上电梯内不是很融洽的气氛，这钢铁大笼子真得令人窒息。

电梯载着几个人缓缓下降到一楼。

管家何霖仁已经在外头等候，从二楼到一楼，老实说走楼梯要快好多，但人就是有这种奇特的惰性，能坐的话绝对不要站着。这一点即使是名侦探夏落也难以避免。

"现在是三点十五分，先生应该已经在收藏室等候大家多时了，各位请随我来。"管家何霖仁永远都是一副文质彬彬的侍者模样，既看不出他的情绪，也无法解读他的心情，就如同一具被施了魔法的木偶一般。当然他也不完全是个面瘫的人，至少慕斯的行李就让他做出了差点崩溃的表情。

其实并不需要指引，因为客人们都知道这栋别墅的收藏室在哪里，带路不过是例行公事。

夏落和慕斯跟在那几个人的身后，经过别墅大厅后边一条建在室外的走廊，走到那间独立修葺在别墅后方的别馆，说是收藏室，其实是一栋大小不输给别墅大厅的建筑，在里面开上百人的舞会也绝对不会觉得拥挤。

"请进。"

管家何霖仁推开收藏室的大门，呈现在夏落和慕斯面前的，是世界上绝无仅有的令人震撼的情景——琳琅满目的各色古玩字画，还有各种雕塑以及难以说明的奇特收藏品。夏落和慕斯就算再没见识，也知道这些东西价值不菲，或许能把她们住的那条贝壳街买下来。

"先生，客人已经到了。"管家何霖仁冲着室内喊道。

可是回答众人的，只有空荡荡的回音。

约好三点在这里集合的宋清源，竟然不在。虽然这间储藏室很大，但里面的情景却能够一目了然，有没有人在，看一眼就知道——除非宋清源故意躲起来，打算给大家一个惊喜。

显然，认识他的人都知道他不会这么干。

"大哥去哪里了？"宋清川点起香烟，不停地挠着头皮。

"虽然他性情确实古怪了些，但家里有客人的时候，难道还跑出去不成？他到底想干什么啊？"项远野不耐烦地看了一下表，便开始大声责问管家何霖仁。

"不会睡过头了吧？"周长道笑起来，他其实没有把这不寻常的事情放在心上。

只有柳歆闻一言不发，抱着双臂远远站着，似乎非常讨厌烟味。

"各位稍等。"管家何霖仁再一次向大家鞠躬，然后拿出手机，拨通了一个号码，——"茉莉，去三楼请先生下来，客人都在一楼了。"

夏落那颗棒棒糖在嘴里转了几圈，甜味开始刺激大脑运转，有些人，有些细节，虽然很容易就被忽略，可统统落在了她眼里。

"为什么……那个人要那样做呢？"夏落喃喃道。

"你说什么？"慕斯转过头，看着夏落的脸。双眼无神，呆呆地注视着空气中的某个点，脸上没有任何表情，嘴里发出牙齿磕着棒棒糖的声音——出现了，全力思考的大侦探夏落。

"慕斯，"夏落轻轻唤着慕斯的名字，"也许……最坏的情况已经发生了……"

"你是说……委托人被害了？"

"还不能确定，但绝对不是他自己和我们玩躲猫猫。"

五六分钟后，何霖仁的手机响起，是女佣茉莉打来的，说宋清源不在卧室，书房也不见人。

这时候，一直没说话的柳歆闻终于开口道："我们下来之前电梯不是在一楼吗？午饭后我们谁也没下过楼，也只可能是老宋自己下来的不是吗？"

"这么说，难道宋老先生真的是自己出去了？"夏落看着柳歆闻问道。

　　似乎被夏落直接的问话方式激怒,柳歆闻拉下脸来说:"侦探小姐,这么早就开始侦探游戏了吗?这么说凶手就在我们几个人当中咯?"

　　"宋老先生只是不知道去了哪里,其他的我什么都不知道,柳小姐您多心了。谋杀、凶手,这些字眼我可没说过哦。"漂亮的反击,一开口就咄咄逼人的柳歆闻只能乖乖闭嘴。

　　"大哥到底跑哪里去了啊——"宋清川也拿出手机,他试着给宋清源打电话,电话忙音三声之后突然接通了。

　　"你看,我就说嘛,大哥不会躲起来吓我们的。"宋清川放松下来。

　　"呃……宋先生,先生把手机丢在书房了……"电话那头传来了茉莉软软的声音。

# CHAPTER 05

本来应该按时进行的古玩鉴赏会因为主人莫名失踪而搁置。

事情无法控制地向深渊滑去。摆在夏落和慕斯面前的,是一团灰蒙蒙的迷雾,前方到底是什么情景,如今也只能走一步看一步。

"先生的车还在车库里,他应该没有走远。手机也丢在书房了,没有留言,也没告诉我他要去哪里。"管家何霖仁再次向女佣茉莉确认了主人宋清源的行踪,遗憾的是,他们没有在这栋别墅里找到宋清源,就连别墅所在的整片院子也都找过。

这样看来，只能推测宋清源已经离开别墅，去了别的什么地方。

"我和慕斯去外头看看吧。"夏落第一个提出去外头找，不过这个提议只是她一厢情愿罢了，其他人无动于衷。

"夏小姐是客人，怎么可以让你们去找，也许我们在这里再等等，先生就从外面回来了。"管家何霖仁露出为难的表情。

"让她去，让她去，侦探的工作不就是找东西吗？"宋清川说。

夏落其实并非征求谁的意见，仅仅是告知在场的人自己要出去罢了，至于同不同意，那完全不会阻碍夏落采取行动。

直到她拉着慕斯走出去，也没见大厅里的那几个人有任何想要说"小心点哦"这样的话的意图，人情冷暖，一目了然。

"那个宋清川也真是的，自己哥哥不见了，难道一点也不着急吗？"一走出别墅大门，慕斯便开始指责不作为的委托人的弟弟。

夏落微微一笑，说："如果我哥哥是个富甲一方的有钱人，有一天突然不见了，你说我是想办法去找他好呢，还是放任事态恶化好呢？"

"你的意思不会是那个宋清川觊觎自己哥哥的财产，所以把他给……"

夏落摇摇头说："不，完全相反，如果宋清川真的有那种意图，那么他应该让宋清源被害的情况早点被人发现，而不是让人失踪那么简单。"

"为什么啊？"慕斯不明白夏落的意思。

"全世界的法律都有这一条哦，如果当事人只是失踪，可不能被认定是死亡。一般为了遗产而行凶的人都希望尸体尽快被人发现。"

"原来是这样吗？"

"我只是说有那种可能性，现在委托人到底去了哪里都还不清楚，希望只是遇到什么事情躲起来了。"

"所以我们现在是去哪里啊？"

"去找村警。"

夏落吃完第三根棒棒糖的时候，她们才在村里人的指引下找到那个不起眼的村警务室。那只是一间小房子，夏落和慕斯走进去时，村警方小缘正趴在办公桌上打瞌睡。

"居然在上班的时候睡觉……"慕斯对这个看起来有点废柴的村警的行为十分不认同。

"这地方恐怕一年都不会发生什么案件，村警的工作大概就只是例行公事做做防火防盗宣传，或者帮谁家找猫找狗之类，应该挺清闲的。"夏落解释着，然后轻轻推了推熟睡中的方小缘。

"奶奶,再让人家睡一下下啦……"方小缘在迷迷糊糊中发出了抱怨的声音,就像早上赖床的女高中生一样。

"是我哦。"夏落轻声提醒她。

"哎?"终于看清来人的时候,方小缘猛然惊醒,一脸窘迫地整理自己的头发和衣服。

"口水……"慕斯小心翼翼地吐出这么个词来,并指了指嘴角的位置。

"哎哎哎?真的太丢人了!"方小缘慌忙擦去口水,"那个……哎?"

"我叫夏落。"此前在村口遇到方小缘的时候,夏落并没有做自我介绍,这时候连同慕斯的一并补上,"这个小矮子是我的朋友,秦慕斯。"

"前面半句完全是多余的！"慕斯发起脾气来。

"咦？难道不是朋友吗？"夏落绝对是在装傻。

"重点不是这个啊！"慕斯知道夏落是故意逗她，可还是举着拳头抱怨。自从两人住在一个屋檐下以后，她就发现夏落是那种和陌生人会保持绝对的距离，和相熟的人却掏心掏肺的人。换言之，越是亲近的人，她越会随意拿来开涮，这种既可爱又糟糕的性格。

"哦。夏小姐，你们来找我，是有什么事吗？"方小缘在屋子里转了两圈，大概是想给两个突然来访的女孩找座椅、泡茶，但无奈地发现警务室里就一个她自己用的茶杯以及她自己坐的椅子，结果表情反而更尴尬。

"不用麻烦了。"夏落说，"我们就是来问一下，刚才有没有看到住在那栋别墅的宋老先生从房子里出来？"

"咦？这个……我不清楚啊……"方小缘挠着头，完全一副摸不着头脑的样子。

"下午一点半以后,我在房间里看到你一直在别墅外头盯梢来着,难道什么都没看见?"夏落也不拐弯抹角,直接切入正题。

"咦!"方小缘的表情就好像被人拿着刀架在脖子上似的。

"那个……"她支支吾吾,"只是想看看帅管家……"

不管是在大城市,还是在小山村,所谓少女心,就是在任何时空都保有对年轻帅气的管家这种男性的好奇。制服诱惑并不只对男性有巨大的杀伤力。

"你一直站在别墅外头就是为了看一眼管家?"慕斯嘴角抽搐,额头上的三道黑线已经表明她的心情。

"也不是一直,就是路过的时候刚好看到管家走出来,就盯着他的背影观察了一会儿。"方小缘倒是毫不避讳她对管家的喜欢。

"那不叫观察，那是偷窥好不好？话说你好歹也是戴警徽吃公粮的人，就这么堂而皇之地满足自己的私欲，置村民的安危于不顾，真的没问题吗？"

"不不不不，我说过的，村子很太平，出了那件事以后……"方小缘没说下去，意识到自己多嘴把不该说的话透露给了外人，她果断捂住了自己的嘴巴。

"你刚才说哪件事？"夏落对这后面的内容在意起来。

"等一下！你刚才问有没有看到宋老先生，难道他不见了？"方小缘生硬地转移话题。

夏落没有继续追问下去，而是接着方小缘的话说："嗯，约好了三点见面，却没看到人，别墅里找遍了也不见人，手机也没带在身上，似乎是离开别墅了。"

"这很奇怪啊……"方小缘皱着眉，山村的清新空气让这女孩的眉宇间流露着既纯朴又十分好欺负的气息，她认真地向夏落分析着，看起来十分滑稽，"宋老先生从来不会离开那栋别墅，连散步也只是在院子里走走而已。"

"他在村子里的人缘怎么样？"夏落问。

"他是个怪人，也许有钱人都这样。他从来不和村里人说话，我倒是因为公务去别墅拜访过几次，每次都是站在门口说完就走，从来没和他面对面过。"

"负责接待的是管家对吧？"

"啊啊……"方小缘又不好意思起来，脸上红扑扑的，"我不是那个意思哦，我就是对管家比较好奇，我可没有喜欢何霖仁先生哦！"

这解释总有点欲盖弥彰的味道。

慕斯心想：喜欢不喜欢都和我们无关吧？

夏落把听到的信息记在随身携带的小笔记本上，问了方小缘最后一个问题："你在别墅外站了多久？"

"就十多分钟，看管家走出来，然后走进去，就这样。等下！为什么要问这些啊？要是有什么事情的话，应该先报警哦！"

夏落"啪"一声合上自己的笔记本，然后向方小缘递上自己那张印得荒腔走板的名片。

"重新自我介绍一次，我是个侦探。"

夏落和慕斯又在别墅附近转了两圈，直到傍晚才回别墅，照例是管家开的门。

"先生……到现在都还没找到……"管家何霖仁见到夏落和慕斯，第一句话就这么说。看来主人的失踪给这别墅带来了莫大的不安，在这阴霾的笼罩下，管家的脸上蒙上了一层浓浓的愁云。

"也许等到晚上就回来了，事情一定不是我们想得那么糟，对吧，夏落？"慕斯的好心肠是不分男女老少白天黑夜的，看到管家心情忧郁，便不忍心。

"嗯。"夏落模棱两可地点点头，接着问，"其他人呢？"

"一直在大厅里，从你们出去到现在，还没离开过。"管家照实回答。

夏落和慕斯绕过进门的那个大鱼缸，走进大厅，脚刚迈进去就感觉到了和早上截然不同的压抑气氛。

"如果说是出去散步，也太久了点吧。以前他忙归忙，该见我们还是会见的。今天到底吃错什么药了？"项远野的抱怨从来没有断过。

"不会是发脾气了吧？项兄，之前你不是因为要竞争副院长请老宋帮忙，结果反而弄得很难堪吗？"周长道阴阳怪气地说，话里话外都像在把矛盾焦点指向失踪的宋清源和项远野的关系上。

"我都没跟他计较，他能跟我计较什么？再怎么小肚鸡肠，也该有个度吧？"虽然嘴上说不计较，但是项远野的表情可不是那么回事，大概心里还是在埋怨老朋友不肯帮忙。

"不然就是清川你又跟你哥借钱惹到他了？"周长道没从项远野那儿讨到便宜，转而把枪口指向宋清川。

"你有完没完！"宋清川掐灭烟头发火道，从他恼羞成怒的样子来看，周长道并没有造谣。

"只会说别人，你怎么不想想你自己？这几年来你要炒老宋手里的古玩，结果都搞砸了，他没少跟你发火吧？"一直没有说话的柳歆闻也开始对一直在挑拨的周长道开炮。

"那他也就面子上过不去，心里哪会真跟我计较？那几个坛子也亏不了他多少钱。"周长道尴尬地说。

"六千万叫没多少钱的话，那我可真的要好好跟你学习学习呢。"柳歆闻的语气咄咄逼人，"他都放话要你赔偿损失了，还说不计较？据我所知，你是名义上在帮他炒古玩，背地里都在坑他的钱吧？"

柳歆闻一句话呛得周长道脸成了猪肝色。

"你不要胡说八道！我倒是听说你和老宋的关系很不寻常，最近你老公好像有找侦探调查这个事情吧？"周长道狗急跳墙，狠狠地反咬一口，眼神却瞟向一旁的夏落和慕斯。

"再次声明，我们的委托人是宋清源先生，其他的事情不在我们的调查范围之内。"夏落一本正经地说道。

"请大家不要吵了，如果到明天先生还没回来，我就去报警，请各位先冷静一下。晚饭已经为大家准备好了，请随我去餐厅。"客人吵架，最为难的大概就是管家了。

"给他们一把刀，估计就可以现场围观斯巴达角斗了。"慕斯摇着头说。

面对这四个早上还相处融洽，结果随着宋清源的失踪，撕破脸皮开始互相攻击甚至到了剑拔弩张的地步的人，夏落只在一旁抱以冷眼。世态炎凉，人心总是被私欲染成丑陋的颜色。这个世上之所以还有这么多受害者，还有这么多施暴者，归根结底，都逃不开名和利两个字。

夏落非常讨厌这种感觉，如果需要一场能够洗去城市污泥的大雨的话，她希望自己便是那场大雨。

此时此刻，夏落嘴里的棒棒糖被她咬得咔咔作响，大脑正飞速地运转，推理机器一旦开始工作，在找出真相之前便不会停下。

那种不协调感是怎么回事？有人在说谎吗？他们的眼神，

他们的动作,就像野兽一般,唯独自己拥有一双能够看透内心的眼睛,还有什么地方遗漏了呢?最关键的那块碎片被遗忘在了哪里?可恶!要是快点发现的话,就可以阻止悲剧发生了。

丧钟馆——以这个不祥的名字命名的别墅,此刻正经历着一场狂风暴雨。

# CHAPTER 06

天黑之后，外面开始下起大雨。在这个季节，这种程度的降雨实属罕见，好像连老天都故意要作弄这栋别墅里的人似的。

主人失踪，客人又吵得不可开交，一场闹剧在这别墅里上演着。在这期间，村警方小缘还上门报告了天气恶化的情况。据她所说，这场暴雨可能会持续到后半夜，并热心地建议管家检查门窗，以免损坏。当然，她也关心了一下宋清源的去向。只不过在夏落和慕斯看来，这种顺便的问候无非是想和帅管家多说几句话罢了，就像学校里那个暗恋着篮球队队长的低年级学妹一样。

"宋老先生可能外出忘记和你们交代，现在遇上大雨又回不来。如果明早宋老先生还没回来的话，我会请县里派人过来调查，就别担心了。"

虽然第一眼会给人不可靠的印象，但方小缘认真地履行着她的职责，该做的都做了，倒是挑不出任何毛病来。而且她还冒雨上门，做到这份儿上，"尽职尽责"四个字当之无愧。

"谢谢方警官帮忙。"管家向她道谢，但完全是出于职业习惯，不过这句话已经足够方小缘心里乐上一阵儿了。

"铛——铛——铛——"

头顶上那不祥的钟声再次响起。

站在门口的方小缘一愣，马上便说："糟糕，已经六点了，我还要去别家，先告辞了。"

然而，就好像应验了"丧钟馆"这不祥的名字一样，在钟声响过六下之后，所有人眼前一黑，什么都看不见了。人在遭遇突如其来的黑暗的时候，总会表现出惊慌失措，不管是男人还是女人，失声叫喊是最正常的行为。一片漆黑当中，不断听到女性的叫嚷声，还有撞击声。

在伸手不见五指的情况下，只能抓住身边的东西来稳定自己，夏落就感觉有只手紧紧地拽住了自己的胳膊。

"慕斯，不要怕，我在你身边呢。"

听到这个声音，抓着夏落胳膊的手微微一颤，力道却并没有减轻。

"大家冷静一下！"管家在黑暗当中大叫，"不要动，只是跳闸而已，很快就能恢复，请不要乱动，以免受伤。"

所有符合凶案的最佳条件都产生了，暴风雨、山庄、失踪的主人、停电。

夏落心头狂跳，祈祷着千万不要出什么事才好，她也喊着："大家拿出自己的手机，先照亮身边，不要乱动！"

说完，黑暗中便亮起一盏盏小灯，比盛夏的萤火虫要大，能照亮身边半米的空间。

一、二、三、四、五、六、七——怎么多了一个人？夏落眉头一皱，心里咯噔一下。

"是我啦。"方小缘说。突然停电似乎也把她吓得不轻，不知道什么时候已经跑进屋里，到了管家的身边。

"别吓人啊！"慕斯也跟着抱怨起来。

这时候，一直待在二楼准备晚餐的女佣茉莉端着烛台，沿着楼梯小心翼翼地走下来。

"何管家，是停电了吗？"

"茉莉，你先带客人们回房间，我去地下室弄电闸。"管家冷静地吩咐道。

"我也去帮忙！"方小缘似乎热心过头了。

"方警官，谢谢你。不过这种事情还是我自己去吧，让女孩子做怕是不太方便，而且外头雨这么大，地下室恐怕有水渗进去。"

方小缘被管家委婉地拒绝，却还不死心，把自己随身携带的警用电筒递给管家何霖仁："那我在这里等你！"

"做得太过头了吧……"慕斯摇着头说。

管家再一次对方小缘道谢，随后便打着电筒朝地下室走去。通向地下室的楼梯在上楼的楼梯后侧，平时似乎也不上锁，管家一扭门把手，消失在那黑洞洞的门后。

"夏落，我们也上去吧。"慕斯待在黑暗当中非常不自在，总觉得身边有什么在窥视她一样，让她身上的寒毛根根竖立起来。

"再等等，总不能让方小缘一个人留在这里吧。"夏落说。

"啊，没事的，我一个人在这里也没事的……"方小缘话是这么说，声音却颤抖着。

其实还是害怕的，不是吗？

于是黑暗中便形成了相当有趣的画面，慕斯拽着夏落，方小缘又拽着慕斯。三个人都不说话，气氛很尴尬。

结果还是夏落打破了僵局，她问方小缘："这里的钟一天会响几次？"

也许是夏落的声音给方小缘带来了一丝丝勇气，她用比方才平稳很多的语气对夏落解释说："别墅原本是由旧教堂改造而成，至今还保留着钟楼，那口钟会在每天的六点、十二点、十八点和二十四点敲响,都是机械控制的,每次都是六响。听到这钟声就知道是什么时候了,村子里的人也早就习惯按照这钟声来安排作息。"

"你们都叫这里'丧钟馆',下午的时候你好像还提到了一些不能随便说出来的事情,这两者有联系吗?方便的话,可以详细点告诉我吗?"

"这……"方小缘不知道该怎么回答夏落,"真的不能对外人讲啦……"

"可能和宋老先生的失踪有关,关乎性命的事情,难道你还打算保密下去吗?"夏落开始追加筹码。

"那……"方小缘动摇了。

"到底是怎么回事?"夏落第三次追问。

"其实是——"

啪——突然，整栋别墅的灯亮了。

"抱歉让大家久等了！"管家从地下室走上来，手上拿着方小缘给他的电筒，"方警官，你可真是帮了我大忙啊，改天我要好好谢谢你。"

"哪里哪里！"方小缘红着脸拼命摆手，"这是我分内的事情！那……我还有事，我先走了！"

最终，夏落还是没有问到她想知道的事情，只能眼巴巴地看着方小缘落荒而逃。

经过方才的争吵，那四个人也没有心情再坐在一张桌子上吃饭，管家何霖仁不得不把晚餐送到各个房间去，至于吃不吃，那就是他们自己的事情了。而夏落和慕斯依然在餐厅享受了一顿美好的晚餐，并且不用顾忌那四个人的眼光，可以不用在意形象尽情地吃。

回到自己的房间，慕斯浑身无力地平躺在床上，回想着一天来发生的事情,好像经历云霄飞车一般大起大落。她和夏落一样有着不好的预感,如同梦魇一般纠缠着。这栋正经历着暴风雨的别墅,到底隐藏着什么样的秘密?还有村警方小缘绝口不提的过去,又是怎么回事?失踪了的委托人,现在到底在哪里?

这一切谜题都不是慕斯这个小小的脑子可以思考的,还是要指望神通广大的夏落来找寻答案。在这一点上,慕斯对夏落是百分之百地信任,不管慕斯承不承认,夏落确确实实已经在她心里成了那个无所不能的伟大存在。

"慕斯,该你去洗澡咯。"

夏落的声音突然传进慕斯的耳朵,慕斯随口应了一声,便翻身从床上爬起来,迎面就看到刚刚从浴室出来、只裹了一条浴巾的夏落。光滑的肩膀,裸露的锁骨,湿漉漉还滴着水珠的头发以及若隐若现的曲线,夏落把一个女人最具杀伤力的部分毫无保留地展现在慕斯面前,哪怕她们是室友,哪怕住在同个屋檐下已经数月,慕斯还是受不了这种直接的视觉冲击,一股血气涌上头顶,脸红到了脖子根。

"你你你你……把衣服先穿上啊!太不知羞耻了!"慕斯怪叫了一声又跌回床上。

"羞耻?"夏落看看自己,又看看慕斯,"大家都是女孩子,有什么关系嘛。"

接着她笑了,一边笑,一边迈着小碎步走近慕斯。

"你这是害羞了吗?好有趣哦。"那种恶作剧的表情又浮现在夏落脸上,这个大侦探这会儿化身成邪魅的小恶魔,伸出纤纤食指挑起慕斯的下巴,"是因为我只裹着浴巾的关系,所以害羞了吗?"

扑通!扑通!心跳得厉害。夏落的声音娇软婉转,入耳便是滑腻腻的媚,这是慕斯从来没见过的另一面的夏落,脱下她大侦探的外衣之后,完完全全是喜欢恶作剧,喜欢看自己的窘迫表情,又喜欢亲近自己的小女子。

真的有种难以抗拒的可爱。

"别开这种玩笑了！"慕斯想也不想，把夏落推开，自己抱着衣服狂奔进浴室，"啪"一声把门锁上。

扑通！扑通！心跳还是无法平稳。慕斯拧开水龙头，让热水从头上浇下，流淌过自己的身体，冲掉脑子里那些胡思乱想。

在浴室待了半个多钟头，慕斯才小心翼翼地从里头打开门，探出头，却见夏落已经在床上睡熟。

"呼——"慕斯暗自松了口气，穿着整整齐齐的睡衣从浴室溜出来，摸到床边。这会儿夏落正朝向另一边侧躺着。

以尽量不弄醒夏落为前提，慕斯蹑手蹑脚地钻进自己的被子，然后老老实实地躺着，也不敢多动一下。这是第一次，她和夏落真正地睡在一张床上，尽管还是两床被子。

可她闭上眼睛没多久，就听到夏落翻身的声音，慕斯顿时紧张起来。

这时候有一只手穿过床的中间线,伸进自己的被子里,随后,夏落整个人都贴了上来。

"呀——"慕斯差点咬了自己舌头,如临大敌一般看向夏落。可夏落还是闭着眼睛,似乎没有醒过来。

是睡着之后本能地想要找东西抱吗?

慕斯觉得这可不是什么好受的事情,夏落就好像一只树袋熊一般贴在她身侧,虽然隔着睡衣,身体的接触还是让慕斯的呼吸急促起来——哪怕大家同样身为女性。

夏落贴得实在太近,近到慕斯的耳朵能够感受到夏落缓慢的鼻息,近到鼻子里满是夏落头发上好闻的洗发水味道,近到慕斯只要转头噘起嘴就能亲到夏落的地步。

这种情况下,慕斯还怎么睡?

"不要死——"熟睡中的夏落说了这么一句话。

"欸？"

"我一定不会让大家死的——"夏落继续说。

把生命看得比什么都重要，夏落对于凶案的兴趣并非出于猎奇心理，而是希望能够在悲剧发生之前便阻止它。不管是死者，还是凶手，人的性命不分贵贱。她给自己赋予了这样的使命，这个以福尔摩斯之名自居的女孩，一直都用自己的方式努力着。

"死了，就不能吃好吃的了……"

好吧，对于夏落来说，也许比生命还要重要的，是食物。

一夜无梦。

第二天一早，一声刺耳的尖叫穿过整栋别墅，所有人都惊醒过来。管家说过，尽管房间的墙壁是隔音的，但还是会有声音从门那边漏进来，比如外头有人尖叫的话。慕斯从迷迷糊糊中猛地醒来，而夏落比她更快，已经从床上蹦起来，侦探特有的神经在这个时候发挥着至关重要的作用,她穿着睡衣直接奔出房间。

慕斯也从床上爬起来,看了一眼时间,差五分钟早上六点。

她没有像夏落那样不顾一切地冲出去,而是披上一件外衣并顺便给夏落带上一件,这才跑出房间,刚好遇上从自己房间出来的宋清川。

"怎么回事?"宋清川问。

"我也不清楚啊,好像楼下出事了。"慕斯说。

两个人同行跑过走廊拐角下楼,却看到了难以置信的一幕。

女佣茉莉瘫软在楼梯口,脸上已经被吓得没了血色,她双眼瞪大,惊恐地伸出手,指向别墅大门口。顺着她指的方向,慕斯和夏落都看到了那个前一天失踪不见的委托人宋清源,不过他现在蜷缩着身体,沉在那口进门就能看见的玻璃大鱼缸里头,已经成了一具再也无法开口的尸体。

"铛——铛——铛——铛——铛——铛——"

早上六点,钟楼的钟声准时响起,昭示着一天的开始。可对别墅里的人来说,这分明是死神告死的丧钟。一下一下,狠狠地敲打在他们心头。

# CHAPTER 07

丧钟为谁而鸣响？

只有残忍的凶手和可悲的死者才知道。

这栋外号"丧钟馆"的别墅，如今正应验了外界纷纭的传闻，那诡异的钟声真的成了为别墅主人报丧的不祥声音。而那个沉溺在鱼缸中的委托人，再也听不到这充满恶意的奏鸣。

听到女佣茉莉的尖叫声，夏落和慕斯以及差不多同时到达的死者的弟弟宋清川看到大厅里这恐怖的一幕，都吓愣在当场，而紧随其后跑下楼的项远野以及周长道看到尸体也不禁倒吸了一口冷气，跟在他们后边的柳歆闻直接吓晕过去，还好和她一起的管家何霖仁及时扶了她一把。

"所有人都不要靠近现场，也不要回房间，请大家到餐厅集中，这是杀人案！"夏落马上做出判断。这当然是杀人案，不然谁会把自己的手脚都捆上，然后跳进自家鱼缸自杀呢？

"怎么会这样……"慕斯自从跟夏落结下"孽缘"，成为她的助手（临时），见过的尸体也不在少数，像宋清源这种匪夷所思的死法却是第一次见到。

"慕斯，回房间把相机拿来，我们需要给现场拍照。"夏落对慕斯吩咐道，接着她转向四个客人当中唯一比较镇定的项远野说，"项远野先生可以帮我把尸体从鱼缸里抬出来吗？我们需要做初步的尸检，身为医生的你显然比我专业。"

最后，她对管家说："何管家，请马上报警。"

"等一下，就算是侦探，也不能乱动现场的吧？破坏现场是违法的啊。"宋清川说。

"那你就让你哥哥继续留在鱼缸里好了,尸体泡水太久会影响死亡时间的鉴定。于情你是冷血没亲情,于理你才在妨碍调查取证。当然,除非你是做贼心虚,不让我们碰尸体。"夏落反驳道,三句话说得宋清川哑口无言。

一改之前那种无神的模样,简直换了个人似的,现在的她,精明、干练,并且有一种说不出来的魄力。侦探的开关已经被打开,现在在众人面前的,是火力全开的少女福尔摩斯——夏落。

在夏落的协调下,所有别墅里的人都集中去了餐厅,慕斯负责把整个现场拍下来存证。之后,夏落和项远野两个人合力把宋清源的尸体从鱼缸里抬了出来。这个矮小的男人体重轻,所以即便是夏落这样的女孩子也可以搬起来。可也正因为如此,他才能够被凶手丢进这口鱼缸。

这时候管家也带来消息,他说:"已经和县警局联系了。只是昨晚的大雨把山上的泥石冲了下来,现在通往村子唯一的那条路被堵住了，警方到达可能会很晚……"

"意料之中。"夏落叹口气，这种情况像极了小说电影里最常见的"暴风雪山庄"——所有人连同凶手一起被困在封闭的环境里，警方无法到来，当事人又无法逃离，受害者接二连三地出现，猜疑和不安笼罩在所有人心头。只有心里的仇恨之火已经烧到极点的杀人魔才会想出这样的伎俩。

可是目前的情况又稍微有所不同，夏落接着说："现在不是最坏的情况，电话能打通，大门也能打开，外头的汽车也没有被破坏，说明凶手没想把我们困在这里。也可以说，凶手行凶只是针对宋老先生一个人，但是，这也并不能保证其他人就没有危险。安全起见，在我揪出那个凶手之前，大家必须待在一起。"

"夏小姐，你的意思，该不会是杀害先生的人，是他们几个……"管家何霖仁并没有说下去，但脸色已经很难看，因为项远野也在场，他不敢把话说得太直接。

可项远野并不是傻子，他当然听得懂管家的猜测。他的脸色比何霖仁更加阴沉,只是没有发作,仅仅愤愤然地哼了一声。

但夏落说:"不只是他们,包括我和慕斯在内,住在这栋别墅当中的人,都是嫌疑人。"

总算给项远野一个台阶下。

"可是,也有可能是外人把先生给……"

"很遗憾,这是不可能的。"夏落摇摇头,"虽然还没有对死亡时间做出鉴定,但是看尸斑就知道,宋老先生死亡已经超过十二个小时,在过去的二十四小时当中,这栋别墅有没有来过外人你最清楚。当然,也有可能是宋老先生在外头被害,然后被凶手运回别墅。可是要想这么做,第一,那个凶手必须持有别墅的钥匙;第二,昨天的雨一直持续到凌晨,外头一片泥泞,凶手从外面进来不可能不留下脚印。排除掉这两点之后,能够杀死宋老先生,并且在我们都熟睡的时候把他沉进鱼缸里的人,也只能是我们当中的某个人或者某几个人。"

"这……"何霖仁眉头皱着,因为他听出了夏落这番话里的不寻常之处,"等等,你是说先生是先被杀害,然后才被放进鱼缸里的?"

"是的,宋老先生并不是溺毙。溺死的人,表面上看尸体的皮肤颜色苍白,尸斑呈淡红色,睑结膜会有斑点状淤血。但宋老先生的脸出现青紫色的肿胀,而且眼球和舌尖突出,眼结膜不是斑点状淤血,而是出血过多已经融合成了斑片。另外,溺死的人口鼻里头会有泡沫,但宋老先生口鼻中没有泡沫,反倒是外耳道和鼻子有出血。这些证据都表明,宋老先生是被勒死的。这一点从鱼缸周围的水迹也能判断出来,要是宋老先生被活生生地扔进鱼缸,那么在他拼命挣扎之下,不可能只有一点点水溅到外头来,鱼缸里的摆设也不可能保持原样。"

管家何霖仁哑口无言。

"何管家,我能理解你的心情,我第一次见她的时候也发生过类似的事情。"慕斯安慰着被夏落的推理吓得有点反应失常的何霖仁。

这时候，初步验尸完毕的项远野也惊叫起来："小姑娘，我这个做医生的真要自愧不如了，你居然一眼就看出了死因。我反复检查过老宋的尸体，你说得没错，老宋确实是被勒死后才放进鱼缸里头的，他颈部有很明显的勒痕，而且放进去的时间也还不长，所以大概能够确定死亡时间。"

夏落赶忙问："大概是什么时候死的？"

项远野看看自己的表，肯定地回答道："死亡大约有十五个小时了，是在昨天下午三点到三点半之间，具体还得解剖以后才会知道。老宋嘴上被贴上胶布，双手双脚也被绑住。不过死前没有遭到虐待，也没有搏斗的痕迹，身体上没有留下明显的伤口，就只有手脚上有一些擦伤而已，膝盖、手臂侧面处都是新的伤口。"

"可是夏落，好像不对……"慕斯突然说出反驳夏落的话来，"要是死亡时间在三点到三点半……那时候我们所有人不都在一起吗？"

她跟着夏落查案已经有一些日子了,耳濡目染也学会了一点点推理分析的本事,只是从来不主动去用。虽然纯情加迟钝,但慕斯并不是笨蛋,不机灵的话在偶像圈子里可是混不了五六年的。

夏落皱起了眉头,最棘手的矛盾摆在了这位侦探少女的面前。每一个人都拥有完美的不在场证明,而这一切的证人,偏偏是她自己。

项远野轻蔑地笑起来,他说:"确实。老宋死亡时间是昨天下午三点到三点半之间,那个时候我们所有人可都是在一起的。你说我们当中有一个人是凶手,谁能有这么大本事当着大家的面把不知去向的老宋勒死?用超能力吗?"

从医生嘴里听到"超能力"三个字的确荒谬,但是对项远野来说,夏落的这个推测显然比宋清源死于超能力更加荒谬。既有嘲讽,也有愤怒,在项远野眼里,这个年纪不过二十岁的侦探少女显然是有名无实,刚才那一串对死因的推理说不定只是运气好罢了。

"不，凶手一定用了某种巧妙的方法骗过我们的眼睛，即使人在我们身边，也可以将宋老先生杀害。"

"那我倒要听听到底是什么样的手段了，难不成你怀疑那个人是我？觉得我会在验尸的时候谎报死亡时间，排除自己的嫌疑吗？真是天真的推理！"

"您想多了，就算您真的是凶手，在死亡时间上撒谎也是不明智的行为，因为尸体送去解剖后马上就会让你露出马脚。这一点我是相信你的。"

夏落蹲下来，自己查看宋清源脖子上那条勒痕，看上去凶器应该是麻绳或者类似材质的东西。这条勒痕有些奇怪，如果是被人袭击的话，勒痕应该是平的或者斜向上，颈部周围应该还会有挣扎时候的抓痕，但是这条勒痕斜得太厉害。

"真是残忍的家伙！"

确实非常残忍，把一个老人双手双脚都捆绑起来，再用绳索勒死，最后投入鱼缸中。究竟有多大的仇恨才会这样对待死者？慕斯又想起自己和夏落前来这栋别墅的原因，正是委托人发觉有人要谋害他不是吗？那接二连三的恐吓信就像来自地狱的通牒，最后一次看到宋清源的时候，正是在餐厅他收到恐吓信的那一段，他的眼里满是恐惧，一定非常希望夏落救他吧？

可是为什么，请来的侦探明明近在眼前，却不向她求助呢？难道真的像夏落说的，当时凶手就在宋清源的身边，在那张餐桌上吗？

"夏落，宋老先生的手有些奇怪。"慕斯拉拉夏落的袖子说道。

夏落换了个方向，移动到宋清源的背后。因为被绑着的关系，又全身蜷缩着，要不是特别注意的话，很难发现他双手的不协调。虽然双手被反绑到了身后，手掌却还能动作。慕斯指出的奇怪的地方，正是这一点。

宋清源右手攥成拳头，紧紧抓住自己的左手无名指。

"这是死亡讯息,宋老先生想要通过这个手势把凶手的身份传达给我们。"

慕斯点点头,立即将这个手势拍了下来。

"是不是表示凶手的左手手指有伤?"项远野马上举起自己的左手,表示自己没有嫌疑。

"也许是吧。"夏落仔仔细细检查了一遍项远野的左手,然后说,"凶手刻意把宋老先生沉在鱼缸里也一定有他的用意,要是想通过泡水的方法混淆死亡时间,倒不如直接在山上挖个坑埋了。凶手希望我们尽快发现尸体,才会把尸体放在这么显眼的地方,这么做的目的自然是要我们准确判断出死亡时间,并且利用自己完美的不在场证明来逃脱嫌疑。当然,我这么说并不表示你就没有嫌疑了。"

"该不会你已经知道谁是凶手了吧?"项远野眯起眼睛,狠狠地盯着夏落,就好像一条蛇注视着远处的猎物一般。

"这个嘛……"夏落故作神秘,似乎并不想马上将答案说出来。

就在这节骨眼儿上,外面响起激烈的敲门声,不,更确切地说,是有个人好像发了疯一样在砸门。

何霖仁管家只是把大门开了一条缝,想看看是谁,这种时候可不是什么迎接客人的好时候,主人蜷成一团的尸体还湿漉漉地躺在地板上呢。

"出……出大事了啊!"外头是方小缘的声音,管家甚至挡不住大门,硬生生被惊慌失措的方小缘闯进房子。

"杀人了!杀人了!刚才接到县里的电话,说这里发生了杀人案!在哪里?死者在哪里?要快点保护好现场啊!"

方小缘完全是初出茅庐的菜鸟警察第一次遇到命案的那种手足无措的状态。

慕斯指了指地上，宋清源那死状极其可怕的尸体猝不及防地跳进方小缘眼里。

"哇！"——这绝对不是被人带到黑暗的房子里，然后灯一打开，一屋子的亲朋好友推着蛋糕给自己唱生日歌时的那种惊喜的叫喊，而是打开灯看到满屋子丧尸正对着自己张牙舞爪的那种惊吓。

方小缘"哇"地叫完之后，直接冲到院子里，吐了。

"啊，添麻烦的家伙来了……"夏落扶着额头感叹。

## CHAPTER 08

方小缘吐完后,脸色发青地回到现场,不过再也不敢看一眼地上那骇人的尸体。夏落让管家何霖仁找来一条床单将宋清源的尸体盖上。

"先生的尸体就这么放着?"管家何霖仁觉得这样似乎不太妥当。

"在警察来之前,尽量维持现场的原状,只好委屈一下宋老先生了。"夏落对地上的尸体深深一鞠躬,除此之外,唯有尽快找出谋杀他的凶手,才是对这位死者最大的告慰。

接着她拍了拍方小缘的肩膀，悄悄对她说："方警官，想不想立功？"

"立功？"方小缘听到这个词两眼顿时发亮，"我可以吗？我要做什么？"

"等一下照着我的话做就是了。"夏落冲她眨眨眼睛。

验尸的事情告一段落，所有人都聚集在餐厅里。宋清源的别墅，这栋满是古玩收藏古色古香的大房子，因为杀人事件而蒙上了层层阴霾。那些被历史染了色的字画和陶罐器皿，也因此变得阴森森的，令人不舒服。所有人都沉着脸，不说一句话，桌上的早餐早就凉透，但是这时候可没有人有胃口把这些可口的食物送进嘴里。

只有一个人还能吃得津津有味，便是把吃饭定义为人生头等大事的夏落。

"大家好，我是村警方小缘。目前只有我一个人负责现场的调查，请……请各位配合我工作。"

"杀人这么大的事情只有你一个人在这里，把我们这些纳税人当什么呀！"对宋清源一副谄媚的态度，对方小缘这个不起眼的小民警就摆出一副大人物的架子，说话的是古玩商人周长道，十足的唯利是图欺软怕硬的人物。

"啊，这个……因为昨天的大雨引发泥石崩塌堵了公路，县局的人到这里可能得中午以后，所以才派我先过来守住现场……"方小缘老实地解释道。

周长道压根儿没把方小缘这种小角色放在眼里，敲着桌子嚷嚷着："就你一个人能做什么啊？别浪费我的时间了，我还有很多生意要去谈呢！"

"啊……请冷静一下……"方小缘慌张起来。找猫找狗轻车熟路，但是在这个一年都不会有偷盗案的小村子里，村警方小缘还是头一遭遇上杀人案，别说什么经验，就连能不能把话说清楚都成了问题。

慕斯看着方小缘的样子，想起了自己第一次登台的经历，也是脑子一片空白，差点管不住自己的手脚。那是自己十六岁的时候，岁月真是把杀猪刀啊，一刀一刀，削去了自己本来应该在成长的身高。

这时，夏落放下手里抹了一半黄油的烤面包，以一副事不关己的态度说道："周先生，大家都是杀人案的嫌疑人，按法律流程是需要好好配合警察的调查取证工作的。你不停地给人家施压似乎很反常啊，方警官会因此怀疑你是做贼心虚哦。"

"你不要造谣！"周长道一拍桌子跳起来。

"那就说说你的不在场证明，既然是清白的，也不怕人查不是吗？"夏落开始给他下套。可怜的是，这个脑容量显然没有钱包鼓的胖男人还真中了夏落的计。

周长道脸上青一阵白一阵，他沮丧地坐下来，低声咒骂了两句，然后开始为自己辩解："反正我没有杀人！"

"等一下,你叫什么名字?"

"周长道,职业是古玩商人。"

"哦……'长道'两个字怎么写?"方小缘挠挠头,尴尬地问。

"你——"这话直接导致周长道青筋暴跳,骂街的脏话已经到了嘴边。

"啊啊,没关系,您继续说。"方小缘赶紧扯正事。

周长道强忍着情绪,然后开始说。但他不是冲着方小缘,而是对着在场的所有人解释。

"昨晚的话你们都听到了,我帮老宋炒古玩赔了一大笔钱,他前段时间确实说过要我赔偿他的损失,说实话,那笔钱足够要了我的老命。我也求过他很多次,希望他不要这么绝情。你们是不知道,别看他是个很风光的茶商,钱多得三辈子花不完,可其实是个非常计较、爱记仇的人。大家也是那么多年的朋友了，他这个人有多小气，你们几个也明白的吧？"

夏落环顾了一眼餐厅里的其他人，项远野、宋清川还有柳歆闻冷着脸，没有承认，但也不否认。

"那……昨天最后一次见到死者是什么时候？"方小缘终于进入正题，不过顺序似乎有些错误，夏落本来叫她从"死者死亡的三点到三点半那段时间人在哪里"开始问。不过夏落也知道，这问题问了也是白问，因为那时候他们所有人都在一起。

"最后一次吗？"周长道回忆着，手指不断敲击桌面，过了三五十秒，说，"我昨天是早上十一点到的，和老项一道。到了别墅之后就在大厅里和大家聊天。大家吃过午饭，回房休息那会儿，我本来还想找老宋再谈谈赔偿的事情，怎么说也是朋友一场，就算赔也别让我赔那么多。可后来去他书房也没见到人，我就回房间了。差十分钟三点的时候管家来敲门，我就起来和大家一起下楼。不过我昨晚说的那些话可不是造谣，这里每一个人都有杀老宋的动机，当然我是不可能啦。别看我是一个胖子，力气却小得很，爬个楼梯都会喘，更别说把老宋搬起来扔鱼缸里了。"

"昨晚说的话？"方小缘笔记记到一半，抬起头来问周长道。

"等一下跟你解释。"夏落打断她，想要的情报已经足够，应该问下一个人。

"那……再来问谁呢？"方小缘咬着笔杆，看着一餐厅的人用不耐烦的眼神瞪她，心中顿时为难起来。

"你是第一个发现死者的人，对吧？"夏落把视线转向旁边的女佣茉莉，她因为惊吓过度，从头到尾都坐在角落里瑟瑟发抖。管家何霖仁给她披上一条毛毯，又给了她一杯热饮，她脸上才总算恢复了一些血色。

"对哦！应该先问第一个发现死者的人！"

慕斯哭笑不得，夏落说收集证词这种事情由警察来办会方便很多，但方小缘实在是菜鸟中的菜鸟，不得已只能用唱双簧的方式来引导方小缘问话，这也是夏落方才问方小缘想不想立功的原因。

"是你第一个发现死者的，你的姓名是……"

"秋茉莉。"女佣茉莉低低地回答，情绪非常不安。

"说说你是怎么发现尸体的好吗？"

女佣茉莉点点头，捧着手里那杯热饮，断断续续地说："我每天都是六点之前起床工作，我的房间是靠近厨房的第一间，在何管家对面。因为怕电梯的声音会吵到客人，所以我是走楼梯到一楼的，然后就看到先生……在鱼缸里了。"

"那昨天下午三点到三点半之间，你在哪里？"方小缘继续问。

"昨天下午三点到三点半在哪里？我在厨房啊。昨天早上九点，先生的弟弟宋清川先生第一个到，之后我一直在大厅里招待客人。十二点十五分，何管家叫我去餐厅准备，我就去了二楼，之后就一直在餐厅，和各位一起。等客人全部用餐完毕回房休息，我开始收拾餐厅，一直到四点，厨师可以证明。"

女佣茉莉指了指正从厨房走出来的那个男人，自夏落和慕斯来到这栋别墅，还是第一次见到宋清源家的厨师。

"是你！"夏落和慕斯两个人瞪大了眼睛，同时惊叫起来。

"哦，是你们啊。"那个男人眯起眼睛，也认出了夏落和慕斯，不过似乎对他们挺不友善的样子。

"你们和阿雄……"管家何霖仁也有些惊讶。

"说来话长。"慕斯只轻描淡写地解释了一句。

赵强雄，这个个头巨大，脸上有一条恐怖刀疤，看面相会让人觉得是个除了杀人放火基本上不会干好事的男人，正是此前发生在那家传奇拉面店里害得慕斯丢了工作的"冰裂纹花瓶杀人事件"的涉案人之一，那个对凶手老板娘忠心耿耿的伙计"阿雄"。

"这是第二次了。"赵强雄冷冷地说。

第一次的雇主因为杀人被抓，第二次的雇主又因为不明所以的原因被害。慕斯听到这句话下意识地缩了缩脖子，心里哭喊起来，不管是拉面店的老板娘还是这栋别墅的主人，出事都不是她们害的啊。这家伙因为她和夏落抓了对他有恩的老板娘，说不定到现在都怀恨在心，不会偷偷在她们的饭菜里头下毒吧？

夏落比慕斯冷静许多，她只是稍微一愣神，就把注意力重新转回女佣身上。

"继续说吧。"夏落提醒她。

"下午的时候，嗯……应该是三点过后，何管家有打电话来问我有没有看见先生。我那时候还不知道先生失踪的事情,只是到处找不到他。宋清川先生打电话到先生的手机也是我接的,应该可以证明我不在场吧?昨天晚上停电后,我送大家上楼,之后觉得有些不舒服,就向何管家请了假,大概七点就回自己房间休息去了。"

"难怪昨天吃晚饭的时候没看见女佣……"慕斯嘀咕着。

"不舒服?为什么不舒服?吃了什么异常的东西吗?还是闻到了什么不平常的味道?"夏落追问着。

"你也是女孩子,应该明白的吧……"女佣茉莉尴尬起来。

"明白什么啊?"英明神武明察秋毫的大侦探夏落真的是除了查案之外,其他方面的常识贫乏得如同西伯利亚的大地。

慕斯实在看不下去,拉拉她的袖子,凑在她耳边小声嘀咕两句。

"哦……"夏落像刚刚知晓可乐饼其实不是可乐做成的似的点着头,然后换了个问题,"那你晚上在房里有没有人证明?"

女佣茉莉摇摇头,没再说话。

餐厅又安静下来,每个人的脸上都有着说不清道不明的东西,心里头各自打着小算盘,一步一步算计着。夏落听得到这些噼里啪啦的声响,只是还不知道哪一个才是她要揭穿的真相。

"那我也说一下好了。"何霖仁主动站出来打破僵局,他站到方小缘的面前,像其他人一样做自我介绍,"我的名字是……"

"不用了,我知道的。"方小缘伸手做了一个截停的动作,脸上笑得既灿烂又恶心。

"喂喂,心情都写脸上了啊。"慕斯吐槽她。

管家何霖仁干咳两声,然后开始说:"从昨天早上开始我就一直忙着招呼客人，直到中午的时候两位侦探小姐最后到达。那之后我去见了先生，并和他一起在餐厅陪同客人用餐。午餐过后，我送两位侦探小姐去她们的房间，然后去一楼收拾。下午差十分钟三点的时候，我按照先生先前吩咐的，敲响每一位客人的房门，并准时带客人到收藏室，后来却发现先生不见了踪影，直到晚上也没有找到。大家在大厅里吵了起来，我作为局外人也不方便劝，接着又是停电，我只能让茉莉送他们回房间。等大家都进了房间，我送完餐再巡视了一遍，也回房间休息了。当然，我在自己房间里是没有不在场证明的。今早我听到茉莉的声音，跑出来，遇到刚好出来的柳小姐，然后我就和她一起到了一楼。"

"方警官，你是不是在昨天下午一点半的时候看到管家走出房子来着？"夏落装模作样地问方小缘，指出管家何霖仁证词中的疑点。

可方小缘直截了当地说："一定是出来倒垃圾啊，我看他手里拿着垃圾袋的。"

"嗯，是这样的。"何霖仁点点头。

夏落白了方小缘一眼，却也没责怪她，转而问："何管家应该知道我和慕斯被邀请来的原因吧？宋老先生在被杀之前一直受到某个人的恐吓。"

恐吓——这个词像是按下惊吓盒子的开关，在场的所有人都微微一震，眼神里闪过一丝让人琢磨不透的情绪。

何霖仁没有隐瞒，老实回答道："您说得没错，主人最近一个月来接连收到恐吓信，这正是他请你们来的原因。信每次都放在信箱里，上面没有署名，也没有邮戳。"

"恐吓信呢？"

"在主人的书房，我可以去取过来。"

"还是先等一下吧。"

接下来接受方小缘询问的是宋清川，这个男人脸上带着轻松的表情，哪怕死者是自己的亲哥哥，也没有表现出半点悲伤。不过从发生杀人事件到现在，夏落注意到他一直没有停止过抽烟，看起来相当焦虑。

方小缘没有问他的名字，显然知道宋清川的身份。

"我昨天是第一个到的，大概九点吧。早上在书房和我哥聊了一会儿，就下来大厅，后来他们几个就到了。我们几个在大厅里聊到中午，上去吃饭，那是十二点过后的事情。大家一起的，在餐厅边吃边聊有一个小时吧，然后就回房间。三点没到管家就来敲门，那时候我肚子不舒服在洗手间，耽搁了一会儿，出来的时候所有人都在电梯那里等我。"

宋清川抬起头，看到所有人都用怀疑的眼神看着他，如果要在三点的时候杀死死者，撇开其他因素不谈，也确实只有晚几分钟出房门的宋清川有可能。而且宋清源没有妻子，也没有后代，他一死，作为他的亲弟弟，宋清川显然会继承所有财产——前提是宋清源没有立下遗嘱。所以，宋清川是目前最值得怀疑的对象。

"你可别怀疑我迟到是搞什么小动作哦！"宋清川急了，他一直表现得很焦虑也是因为这个，"我不可能杀我哥的！我怎么会杀害自己的亲人！之后我们不都在一起的吗？我一刻也没离开过这位小侦探啊。你们出去之后，我和他们几个一直在大厅里坐着，之后就吵了起来，然后回房间睡觉。早上我听到尖叫声就出来了，刚好也是和你一起的，不是吗？"

"不过看你的样子，你哥死了，你也不怎么难过啊。"夏落直勾勾地盯着他。

"他也一把年纪了，身体本来就有些毛病，说实话活到这个岁数都是过一天算一天的，他死了我不会难过，只不过死得那么惨还是挺受打击的。再说我要怎么难过给你们看？抱着他的尸体痛哭你们就信了吗？我们兄弟的关系虽然不如你们外人想得那么和谐，但也绝不是没有感情在里头！"

宋清川有些失控，越来越激动。

"我虽然老跟他要钱，我也坦白我自己的生意不是很好，但是如果他死了,我是拿不到全部财产的,他早就立过遗嘱了!"

"他已经立过遗嘱了?"

"是啊,他亲口对我说的,他在外头有私生子,想要把财产留给那个孩子和孩子的母亲。真是讽刺啊,到处玩女人的家伙居然也会有良心发现的时候。"

私生子,玩弄女人,树敌无数,还有锱铢必较的性格,已经死去的委托人似乎并不如想象般干净。夏落剥开一颗糖丢进嘴里,甜味慢慢扩散开来,她开始意识到这起杀人事件背后的真相,并不是一开始想得那么简单。

# CHAPTER 09

方小缘的询问还在继续——接着轮到柳歆闻。

这个女人不是周长道和宋清川那种不太会用脑子的人,她身上处处显露着事业型女性的精明和干练,看得出来,她是个十分强势并且崇尚女性权利的女人。夏落关注她的时间比其他三个人都要多,从死者失踪以来,这个女人所表现出来的沉着就一直引她注意。

"我叫柳歆闻,杂志编辑。"她冷静地应付着方小缘的提问,"我昨天是早上十点到的,一直在大厅里忙自己的事情。我们这种职业,工作总是随身带的。后来和大家一起上二楼吃饭,再回房间，一步也没出来过。三点的时候和大家一起下楼，没看到老宋，之后的事情大家都知道的。晚上回房间之后也就那样，没有人证明的。"

听上去像是随意的回答，但每一个字都经过深思熟虑，找不出破绽。如果她是凶手的话，想要攻破她的心理防线定然是相当棘手的事情。

夏落听完，稍作思考，她很清楚该怎么和这种自我意识很强的女人对话，拐弯抹角有时候不如长驱直入。

"之前周长道说，你和死者宋老先生关系暧昧，是真的吗？"夏落直截了当地问她。柳歆闻立即皱起了眉头，毕竟是女人，被问及自己和丈夫之外的男人的关系，自然心里不痛快，但是在这种非常时期，沉默或者撒谎对她都没有好处。

"周长道这家伙说我和老宋有暧昧，哼！"柳歆闻冷笑一声，"事先声明，我是个清白女人，根本没有和他发生过什么，我们不过是朋友。是我丈夫疑心病太重，以为我想傍大款，还请了侦探查我,虽然那老家伙确实有那方面的意思……他不是什么正经人,清川不是说了吗?一个有钱有势又没老婆孩子的男人,怎么可能只会摆弄古玩、泡茶养花?这里的人都知道的,之前他还把在这里工作的女佣肚子搞大,后来拿钱把事情摆平了。"

"哎?!"慕斯听到这样的证言瞪大了眼睛,虽然宋清川说自己的哥哥风流,但没想到居然连别墅里的女佣都不放过,这种禽兽行径让她对委托人的印象大打折扣。虽然这样想很不道德,但是慕斯确实有一点感叹,宋清源的死也许是报应。

不过,这个也能成为他被杀的原因不是吗?

慕斯学着夏落的样子偷偷打量起已经询问结束但还坐在一边的女佣茉莉,她在听到柳歆闻说出这番话的时候变得非常惊恐,呼吸变得急促,似乎对此也有一些不好的回忆。除了她和夏落以及被询问的柳歆闻之外,在场还有一位女性也表现出了明显的情绪变化——正在记录证词的方小缘。

"方小缘不对劲。"夏落低声对慕斯说。

"嗯，我看出来了。"慕斯认同夏落的结论。

夏落说："她的眉毛下压并且开始往中间挤，眼睛一直瞪着柳歆闻，嘴唇紧闭，鼻孔外翻，下巴向前伸出，这些都是发怒的表现。虽然她极力克制，但人脸上全部四十二块肌肉并不是那么容易控制的。"

"喂喂，你去开占卜屋的话，一定赚得比现在多。"

"那多没意思。要是想赚钱，我有一百种方法可以成为富翁。"

"那请不要吝啬，随便教我其中一种吧！"

"不要，你远走高飞了，谁做我的助手啊。"

"你还非我不要了吗！"

"唉，不小心说漏嘴了，当我没讲过吧。"

"怎么可能当没讲过!你到底想霸占我到什么时候啊!"

慕斯和夏落这边斗嘴斗得如火如荼,因为小声的关系,柳歆闻倒是没发现两位侦探小姐在这说相声,她继续对表情有些怪异的方小缘说:"反正我觉得他挺不是东西的,要不是他还有些利用价值的话,我也不想和这种人来往。但我总不能因为这个杀他吧?而且我一个靠写字吃饭的弱女人怎么杀人?就算老宋再轻,我也没力气把他搬起来丢进鱼缸里啊。"

"这倒不一定,用滑轮什么的也能办到吧,电视剧里经常能看到。"方小缘嘟囔了一句。

"这是警察应该说的话吗?"柳歆闻对方小缘发起火来。

"对不起!"方小缘赶紧道歉,从柳歆闻身边跑开,再不开溜怕是要被这女人活活瞪死。

"接下来就是你了。"她走到项远野的身边,"请问你叫什么名字?"

"项远野，医生，刚才尸体也是我验的。"

"哎？是你验的尸？那死亡时间也是你确定的咯？"方小缘追问了一句。她在验尸结束以后才到的，自然不会知道是谁验的尸体。

"验尸的时间我没有撒谎，老宋确实死在三点到三点半之间。三点之前我都在房间里，没有人能证明。三点之后我们所有人都在一起，应该也没有谁有这个时间杀他。当然，清川在房间里头磨蹭的那几分钟也许可以。"

听到这样的话，宋清川当然忍不住，跳起来破口大骂道："喂！你不要血口喷人啊！谁不知道你之前和我哥吵得最厉害！不要把枪口转到我这边来！"

"你这是做贼心虚吧？不然可是连所剩无几的遗产也得不到咯。"项远野似笑非笑地回击，之后他便不再搭理暴跳如雷的宋清川，继续说，"后来侦探小姐去外面找老宋的时候，我就坐在大厅里等，大家都在啊，不过呢，也不是都有不在场证明，比如这期间歆闻回过房间,清川出去抽烟,还有长道也上过厕所不是吗?这期间想要做点什么小动作也不是不可能的。哦,女佣倒是一直没看到,只有我是从头到尾坐在大厅里直到侦探小姐回来的,这一点一直陪着我的管家能够证明。我昨天早上十一点才到这里,后面的情况和大家一样,吃了饭就一直待在房间里,晚上也是,吵了几句心里不痛快就回去睡了。还有我的动机——没错,我确实因为选副院长的事情和老宋闹过,我本来还想趁这次聚会说服他,这也更加说明我不可能杀他,我要是对他下毒手,最后可就什么都得不到了。"

说这些话的时候,项远野一直像一个考试得了全班第一的讨人嫌的优等生,以一副得意扬扬的姿态坐着,简直就是在向夏落示威——自己是即便被怀疑,也完全找不出任何破绽,绝对无法被定罪的局外人。

事实确实如此,不单单项远野,在场的所有人在宋清源死亡的时间段内都拥有不在场证明,要想在别人面前将宋清源勒死,除非有超能力。

可是，夏落坚信，世界上没有解不开的谜题，正如世界上没有打不开的便当盒子，自己缺少的只是正确的打开方式。

而这一点，在她听完所有人的证词之后，也有了一些眉目。只是，目前还有几件事情需要确认。

这时候项远野又说："不是还有个人没问过吗？"随后他指了指从头到尾一言不发的厨师赵强雄。

"我昨天一直在厨房，什么都不知道。我今天早上六点起来准备早餐，结果听到茉莉的叫声，大概就这样。"

"真是可疑的回答，我记得上次来的时候这里的厨师不是你啊，新来的吧？看你一脸会犯罪的样子，说不定就是觊觎别墅里的宝贝，偷盗不成，就把主人给杀死。"周长道也把枪口指向赵强雄。这时候只要能摆脱嫌疑，什么样的话他都说得出来。

"哼，随便你们怎么说，我没有杀先生。"赵强雄丢下这句话便钻进厨房。

"还是这么我行我素呢。"慕斯感慨道。

"得罪给自己做饭的人,绝对是世界上最愚蠢的行为。"夏落跟着感叹。

"你偶尔能不能不把话题往吃的方面带?"慕斯吐槽她。

"那么,询问就到这里了吧?"方小缘合上记事本,终于松了口气。菜鸟村警第一次出击,虽然慌乱,好歹完成了任务。

"辛苦了哦。"夏落拍拍她的肩膀,然后对在场所有人说,"有件事我必须提醒各位,按照程序,在警察到来之前你们是不能离开凶案现场的。还有,虽然各位在宋老先生死的时候都拥有不在场证明,但是在三点之前以及三点半之后,还有昨天夜间,你们都没有不在场证明。在确切的死亡时间出来之前,你们依然会被列为嫌疑人。同时,我可以肯定地告诉你们,杀害宋老先生的不是外人,那个凶手就在我们当中。现在请各位回自己的房间,并且尽量不要和其他人接触,以免发生不测。"

"你这是恐吓我们吗？"宋清川也快到极限，对夏落这番话可是反感得很。

"不是恐吓，是警告。"夏落眼神尖锐得简直要刺穿他，语气也变得异常严厉，"为了不被带到审讯室或者验尸房，诸位最好听从我的劝告。"

## CHAPTER 10

"恐吓信都在这里了。总共四封,每周都会寄来。虽然我没看过信件,但应该是让先生非常害怕的内容。"

所有人回到自己的房间之后,在管家何霖仁的带领下,夏落、慕斯以及方小缘来到宋清源的书房。书房在三楼的尽头,旁边连着主卧室,走廊的最外侧是一间小会客厅。三楼一共只有这三个房间。

书房外是露天阳台,和别墅的大门同一个朝向,从阳台望出去,视野相当开阔。书房内铺的是厚实的地毯,门是由结实的硬木制成的,夏落想,这个地方即便发生打斗,二楼也不一定听得到。

"你最后一次见到宋老先生就是在这里吧?"夏落盯着放在桌上的四封恐吓信,问了管家一个意想不到的问题。

"是的,昨天中午先生收到第四封信以后就匆匆上楼了,我送饭到他书房来,等他吃完收走盘子,回到餐厅。在那之后就再没见过先生,直到今天早上……"

夏落沉思着,嘴里的棒棒糖咬得咔咔作响。她用手帕拿起恐吓信,里里外外端详着。信封是非常普通随处可见的东西,上头也只是打印的"宋清源收"的字样。而里面的信件,就像电视剧里常见的那种恐吓信,是将报纸和杂志上的字剪下来拼凑而成的。四封都是同一句话——

"你会为你的所作所为付出代价,必将遭受世上最严厉的惩罚。"

非常平常的内容,没有暗语,也没有任何明确的指向。这种明明会被当成恶作剧的信件，却把宋清源吓得半死，不得不说这是个很令人在意的地方。

"宋老先生敌人很多吗？"夏落又问。

"这个……先生在生意上的事情，我不清楚。"

"那他的所作所为呢？你应该知道一些吧？"夏落指的是宋清源到处玩女人的事情。

"这……"管家何霖仁露出为难的表情，毕竟身为管家，说主人的是非是很忌讳的事情，何况人才刚死。

"确实有听说过一些……"最后，他用模棱两可的话做了回答。

"好吧。"夏落点点头，把四封恐吓信装回信封，用慕斯从行李里找出来的塑胶袋装好，交给一旁的方小缘。

"这个是重要的证物哦,到时候还要拿去验指纹的。"

方小缘简直像是捧着龙宫宝盒似的接过这件证物,为了表示妥善保管的郑重态度,她解开上衣扣子,把恐吓信从领口放进去,做彻彻底底的"贴身保护"。

这一幕顿时让慕斯的额头上冒出三道黑线来。

夏落却用恍然大悟的表情说:"原来还能这样啊……如果是我的话,放进那种地方,一定会挤坏呢。"

"你刚才冲人家开黑枪了吧?快点道歉啊你!"听不下去并且隐约觉得自己被流弹擦到的慕斯发出不满的抗议。

"何管家,可以带我们去看看地下室吗?"夏落又向何霖仁提出了一个意外的要求。

"嗯?为什么想看地下室?那地方挺脏的。"

"别墅里的电源总闸在地下室对吧?昨晚停电的时候你去地下室把总闸修好的。但是我觉得那次停电并不是偶然,也许和这次的案件有关,我想看一下。"夏落说。

何霖仁管家点点头:"请跟我来。"

"谢谢你帮了我们这么多,请放心,我一定会找出杀害宋老先生的凶手。"夏落对何霖仁管家伸出手,做出握手的姿势,不过她伸的是左手。

吃饭的时候见过夏落用左手拿筷子,所以管家何霖仁并没有惊讶,他优雅地脱下左手手套,与夏落相握。干净厚实的大手,会让女人产生安全感。他说:"哪里哪里,我只是做我应该做的事情,我也希望能快点抓到凶手,这样先生也不至于枉死。"

大方又不失对女性的尊重的握手方式以及完全出于职业习惯的说话语调,不卑不亢,甚至不带感情,制服连一条褶皱都没有,手套也不见半点污迹,总是一丝不苟的工作态度。这样的男人,不知道该说是缺乏感情,还是对工作过于专心。就连慕斯都看得出来，宋清源的死绝对不会对他产生半点影响，顶多就是今天之后换份工作而已。

"何管家，我很好奇，你在来这里做管家之前，是做什么工作的？"

"酒店经理。"何霖仁回答的时候笑容很淡，仅仅从脸上一闪而过。

"那不是挺风光的职业吗？"慕斯不解。

"只有做了这一行才知道其中的辛苦。在这里做管家反而更好，只要伺候一个人，薪水也更丰厚，还能呼吸到新鲜空气。"

"对对！我们这里别的没有，倒是新鲜空气要多少有多少！"方小缘看准时机，成功地在帅管家面前刷到了存在感。

说话间，四个人已经从三楼下到一楼，转过电梯，走到楼梯底下，那里有一扇不起眼的门，管家没有用钥匙，随手拧开把手，门便开了。

"这里不上锁的吗？"夏落问。

"是的，因为没有必要。"

从那扇门进入，眼前是一条狭窄的木楼梯，一直通到幽暗的底端。站在楼梯上方，还真需要一些勇气才可以注视下方的一片漆黑。管家何霖仁拨动墙壁上的电灯开关，昏黄的灯光亮起，地下室才变得明亮起来。

顺着楼梯而下，地下室整体才进入视线，非常宽敞的地下空间，大约有上头的大厅一半的面积，井然有序地摆放着各种物品。不过确实像何霖仁管家说的那样，这地方因为长久没有打扫，地上有一层灰，四个人只能小心翼翼地前行。

控制整栋别墅的电闸在对面的墙上。

"昨晚停电的原因是什么？"夏落问管家。

"保险丝烧断。"

"这样啊……"夏落拿起小电筒,仔仔细细查看电闸。慕斯和方小缘看不懂这东西,百无聊赖,只得四处张望。

"何管家,那个……是电梯的屁股吗?"方小缘不太会形容电梯底部,直接用了一个粗鄙的词。她指着地下室另一边那个用铁栅栏隔出来的小空间,从位置判断应该是电梯底部。

"啊,是的。"管家说,"这台老电梯降到底后和地面之间尚留有半米的距离,底下留出一部分空间是为了方便检修人员进行维护和检查。不要靠近那个,可能会有电。"

"哦,我还是第一次看见这东西呢。"方小缘很好奇,虎着胆子走近几步,朝那个黑洞洞的小空间打量,"秦小姐应该挤得进去吧?"

"胡说什么啊!就算是你也能爬得进去好吗?而且你躺平了应该比我更自在一些呢!"慕斯对于无故被人吐槽自己身高的事

情很是在意，马上对方小缘展开反击，可明明两个人半斤八两。

"好了，检查完毕，我们上去吧。"夏落收起电筒，对慕斯和方小缘说道。

重新回到地面，慕斯觉得相比地下室那种压抑又阴暗的环境，自己果然还是适合在阳光底下过活，而方小缘对此也持有相同的观点，这让夏落觉得自己像是幼儿园老师带着两个很会闹腾的小孩。不过在慕斯看来，夏落才是那个最会闹腾的家伙，自己是负责带孩子的苦命老师。

"接下来怎么办？"慕斯问夏落。

夏落看看慕斯，又看看方小缘，然后说："去找女佣谈谈。"

"刚才不是已经问过了吗？"方小缘不解。

"慕斯刚才提醒我了，有些事情，只能私底下问的。"夏落神神秘秘地回答她。

结果，她所谓的"必须私底下问的事情"就是向女佣求证有没有被宋清源性骚扰过。

女佣茉莉一副很不情愿的表情，一开始并不想开口，但在夏落的诱导下，最后终于承认，宋清源确实有非礼举动。

"我真的……真的没有杀他。"女佣茉莉一边说一边抹眼泪，"我本来想辞职的，可是这里的薪水真的很高，最后还是忍了，心想只要那个人不做得太过分……直到刚才我听到……"

"他曾经把女佣的肚子搞大那件事吗？"

女佣茉莉点点头，说："现在想起来，觉得幸好他死掉了，不然下一个可能就是我……"

"这个大浑蛋！"方小缘紧紧攥着拳头，从牙缝里挤出这句话来。这也是夏落和慕斯第一次看到方小缘露出这样的表情。

"好的，谢谢你。"最后向女佣茉莉谢过，夏落并没有回房间，而是带着慕斯和方小缘走到别墅外，站在院子里。前一夜下过雨，还到处能见到湿漉漉的水洼。不过也拜这场大雨所赐，空气倒是异常纯净。

"你带我们跑到外头来做什么？"慕斯完全搞不懂夏落的意图，问她。

"我刚刚在地下室发现了这个东西。"夏落从口袋里拿出自己的手帕，打开之后，里头是一小块塑料碎片。

方小缘和慕斯都凑过来看，那塑料碎片相当不起眼，很容易就会被忽略，也只有夏落这种眼尖得不像正常人类的家伙能够注意到。

"这是什么？"

"上头有火烧的味道，碎片的边缘向外翻卷，并且呈现不规则的齿状。我猜这是某种小型爆炸装置的碎片，就像电视里那种制造出被枪射中后爆开效果的小道具,这种东西很容易弄到。"

"哦——"方小缘一拍掌,发出恍然大悟的声音,接着又问,"什么意思?"

"真是败给你了!"慕斯白了她一眼,"夏落的意思是说,有人在电闸上装了这个小东西,然后遥控爆炸把保险丝烧断,让别墅停电。"

"再让你成长下去,我将来恐怕会被抢饭碗呢。"夏落故意揶揄她,不过慕斯分析得一点也没错,她发现的这块碎片正是一种小的爆炸道具。通过遥控操作,任何人,在别墅的任何地方,都能操控这个小东西。加上地下室的门不上锁,所有人都有机会摸进去对电闸动手脚。只不过,凶手这么做的目的又是什么?为什么一定要在那个时候让别墅停电?

"把宋老先生沉入鱼缸当中,让别墅停电,这些一定是有原因的。"

"难道你怀疑是管家做的？"慕斯又想到一个可能性，"可是，他没有动机啊。"

夏落摇摇头，说："这可不一定，宋清源不是有个私生子吗？还立了遗嘱把财产给他，这事情目前只有宋清川一个人知道，何管家知不知道就不清楚了。"

"你怀疑管家就是那个私生子？他和母亲被抛弃，长大之后回来复仇？"慕斯按着自己的太阳穴，不管怎样，这样的杀人动机未免太戏剧化了。虽然从年纪上来算，管家何霖仁确实可以做宋清源的儿子。

"其实我大概知道宋老先生为什么会被沉在水里。"方小缘突然说。

"为什么？快点告诉我！"夏落一把抓住方小缘的肩膀，双眼闪烁着前所未见的光芒。

"疼疼疼疼疼——"方小缘被她摇晃得快要翻白眼，"你先放开我啦！"

夏落这才发觉自己居然也会有不冷静的举动，赶忙放开方小缘。

"这件事也是从我爷爷那里听来的，你们知道这栋别墅为什么会被叫作丧钟馆吗？"

在方小缘爷爷的爷爷那个年代，这村子因为实在过于偏远，一直封闭落后。直到一个外国传教士到来，一切才得以改变。尽管村里人一开始对这个突然到来的金发碧眼大鼻子的外国人保持着戒心，可是那个传教士并没有被驱逐出去，他留在村里的那些日子，不仅给村里人治病送药，还送给村里人水稻种子，教会他们先进的种植技术。人们渐渐发现，传教士应该是上天派来帮助他们的使者。事实上，传教士也一直劝导这个村子的人相信上帝。因着他的不懈努力，人们终于抛开成见，接纳这个外来人，并且接受传教士的布教，信仰上帝。甚至有邻村的人也闻讯赶来，越来越多的人因为传教士的努力得到救助，并改善了生活，传教士的名声也越传越远。

这间丧钟馆最初,便是为这位尽职尽责的传教士所修建的教堂。

可是,这样安乐的日子在某一天被打破了。

村里的一个少女没有出嫁,却怀上了孩子。这对始终保持着封建观念的村子来说简直是晴天霹雳,女孩的父母羞耻得无法抬头。人们责问少女,孩子的父亲到底是谁。少女坚持不说出那个人,直到愤怒的村民威胁要杀死她,她才真的害怕了。少女逃到教堂求助,希望德高望重的传教士能够救她。可是这件事在被愤怒冲昏头脑的村民眼里变成了另一幅情景,他们误会是传教士奸污了这个女孩,并使她怀上孩子。

中国人和外国人结合会不会生下怪物？愚昧的村民开始不安。这个神的使者居然会做出背叛他们的事情,难道之前他所有的行善都是为了收买人心吗？果然外国人都是魔鬼,果然外来人是不可以信任的。

这样可怕的想法如同病毒一般在人群中蔓延,最后因为愚昧而害怕，因为害怕而愤怒。在一个刮着大风，下着大雨，黑得看不见月亮的夜晚，失去理智的村民冲进教堂，将女孩和传教士绑住。

最后，女孩被人用绳子勒死，而传教士则被装进笼子，活活淹死在河里。

人们甚至放火要烧毁教堂，在熊熊烈火中，本来不该在那个时刻敲响的教堂的钟却响了起来，一下一下，如同冤死者的诅咒，拷问着每一个村民的灵魂。

后来，人们就把这座教堂称为丧钟馆，一直到现在。

方小缘讲完这个堪称传说一般的故事，旁边的慕斯已经脸色发青，一个劲儿往夏落身边靠。

"那真相呢？那个女孩肚子里的孩子到底是谁的？"夏落还沉浸在那个故事里，不，应该说，她还在试图寻找这听起来十分荒诞的传说的真相。

"谁知道这种事情啊,知道的人也不可能活到现在啊。反正是我小时候爷爷拿来吓唬我的故事,村里的老人都会讲。但这里死过人是千真万确的。"

"真的被诅咒了吗?"慕斯望着别墅那高高的钟楼顶猛咽口水。

"不是已经死了一个了吗?"方小缘说。

"你说宋老先生被沉在鱼缸里是应验了那个传说?太荒谬了。"慕斯反驳道,"诅咒杀人怎么可能嘛!"

"但你刚才不是挺害怕的吗?"方小缘不甘心地回嘴道。

夏落从嘴里拔出光秃秃的棒棒糖棒子,那颗糖已经被她消灭干净。到底吃第几颗了?慕斯也数不过来,但是可以肯定,夏落这一次想的东西,比以往任何一次都费脑子。

"谜题和真相就像毒蛇和药草,它们往往距离只有七步之遥。"夏落说,"而且,这次的事情,说不定还真应验了这个传说。"

慕斯和方小缘面面相觑,最后异口同声说:"别说些听不懂的古装剧对白啊……"

夏落摆出我行我素的表情,她转向方小缘说:"小缘,我问你件事情。"

"哦,问吧。"

"柳歆闻提到的那个被死者搞大肚子的女佣,你认识对吧?"夏落的语气分明不是询问,而是等待方小缘给她一个肯定的答复。

方小缘的脸色顿时变得很难看,她咬着牙,眼睛里出现难以捉摸的情绪,最后才说:"是的,我认识她,她叫黄淑月。"

"她现在在哪里?"

"她已经死了——就在半年前,是被那个浑蛋宋清源害死的!"

明明没有下雨,夏落和慕斯却看到方小缘的脸上一片潮湿。再也掩饰不了,方小缘那眼神里对死者深深的恨意,使这个原本有几分可爱的女孩的面容变得异常狰狞。

# CHAPTER 11

回到房间,慕斯依然没有从那深深的震撼当中回过神来,她从来没有想过方小缘竟然也有杀害死者的动机。在此之前,她一直觉得这个女孩有点笨拙,有点天真,认真的时候会让人觉得挺可靠,是那种在城市里很少能遇到的原石一般的人,只要经过打磨,一定会发出漂亮光泽。

可是,这样的人,真的会因为仇恨而杀人吗?

夏落说,没有一个人是干净的,仇恨会让一个人变成魔鬼。就算手无缚鸡之力,就算一生善举,只要被仇恨控制,就会做出最残忍、最惨绝人寰的事情来,因为仇恨是这世上最可怕的利刃。

"可是,我还是不相信方小缘会杀人,她也根本没有这个机会。"慕斯还在试图为方小缘辩护。

"那你觉得谁有机会?"夏落反问她。

"呃……"慕斯回答不上来。她怎么可能知道凶手是谁呢?要是知道的话,她早就把这个家伙拖出来狠狠地揍一顿了,才不管夏落说的"决定性证据"什么的呢!

夏落说:"方小缘说的那个传说其实有点参考价值,关于凶手的杀人动机,也许和那个故事很相似也说不定。至于其他的,勒死也好,沉水里也好,停电的事故也好,还有恐吓信,都有其目的。凶手安排好这个舞台,就等着我们看演出,为的就是让我们忽略掉那个最可能导致真相暴露的证据。"

"可是方小缘说的那些,你相信吗?"慕斯又反问夏落。

夏落回忆起方小缘在院子里对她们说的那些话，关于那个名叫黄淑月的女佣的一切——

"我说出来的话，一定也会被当作嫌疑人，但我觉得瞒不过你，只能坦白啦。"说话的方小缘，明明还是夏落和慕斯认识的那个村警，可又不像她们印象当中那个有点废柴的家伙。

"小月在宋清源的别墅里工作了大概一年时间，那时候我才刚当上村警，和她年纪差不多，她经常会到村里买东西，我知道她是从大城市来的以后，就主动找她说话，后来就成了朋友。"

"为什么你特别在意大城市？"

"我也想去外头看看啊。"方小缘说。她的眼里是满满的期待，这个出身小山村的女孩掩饰不住对外面世界的向往。是啊，不管是谁，这个年纪的人，心就像飞鸟，都会期盼在广阔的天空中自由翱翔不是吗？

"小月真的是个非常温柔的人，她告诉我好多好多事情，时尚是什么样子，外边有什么好玩的东西。我真的很羡慕她，也很喜欢她。"

"可她为什么要跑来这种地方工作？"

"我也问过她，她说因为自己是在城市长人的，所以特别想去很远很远的地方，想去看不到高楼、看不到汽车的地方，于是就来到这里做宋清源别墅的女佣。和我正好相反。"

"结果却发生了那样的事情吗？"

"她是被强暴的！小月不是那种随便的女孩子。出事的那几天，我就觉得她哪里不对劲，在那之后她突然对我说要回家去。我问她将来可不可以去找她玩，她却说最好不要再去找她了。那时候我很难过，觉得她对我说了很绝情的话。现在想来，分明是另一种意思啊，她不让我去找她，是因为我不可能再见到她。"

"小月是自杀？"

"是的。这件事还是一段时间之后，县局里的人来宋清源的别墅做例行问询我才知道的。她根本没有回家，而是在临县的海边跳海自杀了。我之后走了好多关系想知道她自杀的原因，却打听到小月自杀的时候，肚子里已经有孩子了。"

"你马上就想到那孩子是宋清源的？"

"不然还会是谁的？小月在这儿的一年里从来没有接触过别的男人啊！不仅如此，她死了以后，宋清源把他家里的厨师和管家全部辞退了，根本就是为了封口！"

"阿雄和何管家是那之后来的吗？"

"嗯。在那之后好长一段时间，宋清源的别墅里都没再请过女佣。那个秋茉莉，大概是因为这段时间别墅里会来客人，才破例请来的。"

"村里人知道这事情吗？"

"不，这事情只有我一个人知道。但宋清源的品行，他们是很清楚的。因为他有钱有势，所以也只是和他保持距离而已。"

"最后一个问题，你有想过要杀了宋清源吗？"

"想过……"

事实就是如此，宋清源强暴了女佣小月，不堪受辱的女孩选择了自杀。凶手出于这个理由而对宋清源展开报复，并且最终杀死了他。

"只是，这个动机还有说不通的地方。"夏落揉着自己的太阳穴，一整个早上都在思考，光是糖果已经不足以维持脑力的消耗，头开始隐隐作痛。

"嗯？你哪里想不通？"慕斯问她。

"肚子饿呀！"夏落回答说。

"喂，牛头不对马嘴啊！"慕斯抱怨起来。

"肚子饿了就没法思考了啊。"夏落嘟着嘴，哪里还有侦探的威严，根本就是个撒娇耍赖的大小姐。

"嗯，去看看开饭了没有。"慕斯苦笑着说。在发生了杀人事件的大宅子里，这种时候还惦记着吃饭的，全世界大概只有夏落一个了。

"等一下，我要先打个电话。"夏落拿出手机，按下几个数字之后把听筒凑近耳边。

"喂喂，啊，小西，好久不见哦。伊诺她在不在？"

"哎哎哎哎？你是打电话给A市那两个把你当成眼中钉的警察？"慕斯瞪大了眼睛，难以置信地看着夏落。直到现在，夏落走的每一步棋慕斯都抓不到规律，堪称我行我素的典范。

"嗯？不在吗？那太好了，刚好有些事情想请你帮忙……放心啦,不会让她知道的,保证你不会挨骂。"夏落开始用她的三寸不烂之舌连哄带骗怂恿那个宛如警局吉祥物一般的伊小西帮她做事。

"说定了哦,到时候送你两张游乐园的门票。"

慕斯心想,夏落居然用游乐园的门票叫警察帮她做事,这算不算行贿啊?

"嗯,我需要你查几个人,黄淑月、宋清源、宋清川、项远野、周长道、柳歆闻、何霖仁、秋茉莉。嗯,希望你能帮我查一下这些人的户籍资料。啊,还有一个人,方小缘,是个村警。"

果然连方小缘也被夏落列为了嫌疑人。

"咦?你认识方小缘?"听电话的夏落突然发出惊呼,然后好像听到非常有趣的事情一般对着手机变换着表情。

"这样子吗?真是有趣……好的哦,先谢谢了,等你回电话。"

夏落放下电话，慕斯却一脸愁容地看着她。

"放心好了，她不是凶手，我只是对她有些好奇。"夏落安慰慕斯说。

接着夏落又拨了第二个电话——

"哈啰！我是夏落啦，之前的事情谢谢你帮忙哦……啊，我现在在原崇县查案子，希望你们帮我找一个人的联系方式……宋清源你知道的吧？很有名的茶商，在古玩界也有些名气……嗯，他被害了……我希望你能帮我找出他私人律师的联系方式……啊，当然啦，我回头会详详细细给你第一手材料的。就这么说定啦！"

"又打给老筱吗？"慕斯有些在意。

"没错，这种事情八卦杂志记者出马最方便了。"夏落点点头。

听到这样的回答，慕斯越发觉得夏落神通广大，做侦探真的是三教九流都得认识。那个叫老筱的人，是夏落经常求助的一名记者，打听小道消息的本事比夏落这位洞察一切的大侦探有过之而无不及。慕斯曾经见过她一面，从外表看是那种亮闪闪的时尚丽人，但行动力完全不在夏落之下，尽管她本人并不承认这一点。老筱给夏落提供小道消息，夏落则给老筱提供事件材料，两个人既是朋友又有利益关系，谁也离不开谁。

侦探不像警察，为了调查甚至会动一些手脚，只要能够取得证据，其他都可以让道，所以夏落对调查对象威逼利诱连坑带骗也不是没做过。她找人查宋清源律师的电话，恐怕是想用些"歪门邪道"打听出宋清源遗嘱里的私生子的资料。尽管这条证据会因为司法程序的问题，最终无法成为法庭的呈堂证供，不过对于这起事件却是非常关键的证据。

之后两人结伴来到餐厅，夏落已经饿得前胸贴后背。看到正在布置餐桌的阿雄，慕斯好奇地问："女佣茉莉呢？"

"我让她休息了,她吓得不轻,这样是没法工作的。等一下警察过来,还需要精力去应付他们。"阿雄没有抬头,自顾自地做事,那态度根本没有把夏落和慕斯放在眼里。

很意外地,看起来很可怕,却也是个温柔的人。

"不过,为什么你们还要工作呢?主人已经死了,不会再有人付薪水了啊。"慕斯不解。

"我们的薪水都是在月初付过的,而且这几天有客人,先生多付了一个月薪水给我们,所以该工作的时候自然不能停下。"

除了温柔之外,居然还是个很负责的人?这样的人当初到底为什么会成为逃犯啊?要是选十佳青年的话,慕斯绝对会为他投上自己宝贵的一票。

"知人知面不知心。"夏落又说了一个让慕斯很难理解的成语,"我们之前遇到过的人不都是这样吗?面恶心善的,道貌岸然的,口蜜腹剑的,贫胸傲娇的……"

"最后那个你到底在影射谁？"

"你们找我有什么事情？"阿雄做完手头的事情，眯起眼睛问夏落和慕斯。

"饿了。"夏落的回答倒是直截了当。

"哦。"阿雄的回答更加简洁。他转身进厨房，不一会儿端出做好的饭菜。

"发生了这样的事情，其他人都没有心情吃饭，我想也只有你们两个吃得下了，所以已经给你们做好饭了。"

不但温柔、负责，还体贴入微？完了完了，别说十佳青年，如今地球上这种男人比石油还要金贵啊！

"哦，阿雄你一定是个好丈夫！"夏落眉开眼笑。只要有人送吃的，她绝对会对那人报以全世界最灿烂的笑容。

谁知道阿雄却不好意思起来,说:"我还没结婚呢……"

"是吗?看你岁数应该有孩子了才对啊。"夏落说。偏偏这种时候她的推理能力完全是零,不,根本就是负值。

"谁会愿意嫁一个蹲过大牢的男人啊?"

"嗯?今天的饭和昨天一样啊?"夏落看到盘子里的东西嘀咕着,"排骨、什锦蔬菜、鱼,还有汤。"

"请将就一下吧。"

"话说回来,客人吃这些,那你们几个在别墅里工作的人吃什么呢?"夏落并不嫌弃,大大方方坐在那里大快朵颐。

"我们有自己的伙食,和客人不一样。"似乎是因为夏落的夸奖,阿雄对她们的态度也缓和了许多。

"那宋老先生呢?也和我们吃不一样的吗?"夏落问。

"不，昨天是吃一样的。"

"宋老先生平日的饮食怎么样？"

"先生胃口非常好，没有不良的饮食习惯，也不挑食。"

"嗯……"夏落放下筷子，竟然不再进食，而是盯着盘子里的食物发起呆来。这简直太稀罕了，什么样的事情能让她把吃的东西放在一边呢？

"慕斯，我想我知道答案了。"

慕斯一愣，连饭都来不及咽下就说："你才吃了两口就知道啦？那以后破案还查什么啊，直接喂你便当你就可以参透一切了。"

"不是那个，而是这排骨和鱼。可恶！我居然现在才想到！"夏落懊恼地挠着自己的头，莫名其妙地自言自语起来。

"炸排骨和蒸鱼告诉你凶手是谁了？要不要这么神棍啊？"

慕斯的吐槽还没结束，夏落的手机就响了。夏落焦急地按下通话键，将听筒紧紧贴着耳朵，脸上露出"果然如此"的笑容。

"请问别墅的传真号码是多少？"夏落问赵强雄。

阿雄盯着夏落既兴奋又期待的脸，又想起那段不是很愉快的相遇。那一次，这个女孩在揭开真相的时候，也是这样一张面容。他无可奈何地叹口气，转身从抽屉里取出一支笔，在夏落手心里写下一串数字。

"谢啦！慕斯，我们回房间！"夏落丢下筷子，拽起慕斯就往房间跑。慕斯挣不过她，被硬生生地拖回房间，按在床上。

"喂！你……你大白天想要干什么啊？"慕斯衣服被扯得凌乱，只能将双手紧紧护在胸前。在她眼里，这时候夏落双目中流露出的完全是令人不安的神情，简直就是——简直就是想要推倒自己似的。

"在这里等着！"夏落说完又一阵风似的冲出房间，稍过一会儿，外头传来电梯启动的声音。

夏落跑回来，关上房门，两个人面面相觑，气氛一时间很是尴尬。

"你到底想要干什么？"

"听！"夏落嘴里蹦出一个字来。

"听？"慕斯环顾四周，耳畔只有电梯运转时那轻微的"喀拉喀拉"的声音。因为在房间内，这声音被墙壁阻挡，所以很微弱。

"昨天下午我们在房间里有听到过电梯的声音吗？"夏落问慕斯。

慕斯回想着，说："好像没有吧……"

"那就对了！谜底揭开了！"夏落随即眉开眼笑，她心满意足地回到餐桌上，继续悠哉游哉地吃她的午饭，就像提前庆祝她的胜利似的。

# CHAPTER 12

　　拥有可怕传说的别墅，半年举办一次的聚会，会发出恼人声音的古老电梯，突如其来的停电，死者奇特的陈尸地点，死亡时间内所有人的不在场证明，每一个人看似奇怪却又无法推翻的杀人动机，尚不知身份的私生子，半年前被强暴而自杀的女佣，以及所有人在第一天到达时所享用的午餐……这些看似无关紧要的线索，像一块块拼图，散落在面前，将它们一个个按照正确的位置摆好，最后呈现出来的，便是名为"真相"的画面。

　　以及，那个一直隐藏在阴影当中冷血又残忍的凶手的名字。

　　丧钟馆——这栋仿佛受到诅咒一般的大房子，在一个多世纪前曾经上演过一场惨绝人寰的人间悲剧，如今又成了恐怖的杀人事件的舞台。风风雨雨、悲欢离合都在此发生过，经过一场场血与泪的浸染，这古朴的建筑好似蒙上了血色，挥之不去，并以梦魇的方式存在，长长久久滋扰着经历过这一切的人们。在很久很久以后的将来，他们在梦中重回这个地方，会不会再一次从漆黑的夜晚中惊醒呢？

"铛——铛——铛——铛——铛——铛——"

六声钟声敲响，夏落和慕斯到达这座别墅已经整整二十四小时。这时候，这位以福尔摩斯之名自居的少女正站在她初次和这起事件的所有涉案人相遇的大厅里，而她面前的沙发上，坐着项远野、周长道、宋清川、柳歆闻四个最大的嫌疑人。他们都摆出防备的姿态，在夏落告诉他们真相马上就要揭晓的时候，脸上的不安以及猜疑交替着。同样被认定为嫌疑人的女佣茉莉和管家何霖仁则不动声色地站在一边。最后还有本来没有嫌疑，但是自己交代了杀人动机的村警方小缘。至于没有被列为怀疑对象的厨师阿雄，一直抱着双臂靠在角落里冷眼旁观。

所有人都到齐了，唯独不见慕斯。在这种关键时刻，她去了哪里？

"刚刚和县局联系过，公路已经通了，再过半个小时人就能到。"方小缘说。

"哦，那刚好。"夏落从口袋里头拿出棒棒糖，就像福尔摩斯标志性的烟斗那样叼在嘴里，甜味开始刺激脑神经，大脑飞速运转，一场华丽的推理秀正要拉开帷幕。

"他们到的时候直接把凶手带走就行了。"夏落一句话如同惊雷，震得在场的所有人眼神都拧紧了。

"果然是你吧！三点的时候在房间里不出来就是为了杀人！"周长道第一个跳出来指着宋清川说。要是联合国有个什么"恶人先告状"的奖章，毫无疑问应该首先颁给他。

"浑蛋！你才是杀我哥的凶手吧！你早就对他怀恨在心了！"宋清川也跳起来揪住周长道的衣领，两个人扭打在一起。

"简直像是在看动物园的马戏表演哪！"夏落摇着头啧啧赞叹，"两位先冷静一下，你们都不是凶手。有力气打架的话，倒不如留些精力来应付等一下上门的警察。"

听到夏落的话，这两个脑子不太灵光、性格脾气又差的男人总算平静下来。这种又冲动又不会思考的人究竟该如何成为一桩精心策划的杀人事件的凶手？恐怕尸体还没被发现，自己就已经露出马脚了吧。

"你说他们两个不是凶手，证据在哪里？"项远野对夏落发出挑衅。在四个人当中，他和柳歆闻都属于冷静又精明的那一型，如果说凶手的人选，自然不会漏掉他。

"不在场证明。"夏落说，"宋清源被害的时间里，他们都有不在场证明，这就是证据。"

"我还以为你要说什么有意思的答案呢！"项远野冷哼一声，"之前不是你自己说凶手一定用了什么障眼法在我们面前把老宋杀死的吗？现在又说他们两个的不在场证明是成立的。东西乱吃没关系,说出来的话可要负责啊,侦探小姐。"

项远野紧紧逼向夏落,将一记狠辣又刁钻的变相球投出。

"我没有说错,正是因为凶手用了那样的杀人方式,结果反而让宋清川和周长道的不在场证明成立。"完全不吃他的把戏,夏落漂亮地挥起球棒将这球打出去,"我还是先来解释一下宋清源到底是怎么死的吧。"

项远野反驳道:"怎么死还用解释?验尸的时候不是说过了吗?老宋是被勒死的。"

夏落不置可否,她接着项远野的推断说:"那么以您丰富的从医经验来看,他是怎么被勒死的?"

项远野一愣,不明白夏落把这个问题丢给他的意图,他说:"怎么被勒死的?从颈部的勒痕来看,角度斜向上,结在头部后侧,这也表示是凶手从他的背后用绳索之类的东西勒住他的。但那个勒痕斜得非常厉害,这有两种可能,一种是凶手比老宋高出很多,这个很明显,这里大部分人都比老宋高。还有一种可能就是……"

"绳索是从头顶套入然后向上拉起,把宋清源活活吊死。"夏落斩钉截铁道。

"确实……"

"如果是被吊死的,那么不管男人还是女人,有没有力气,都能够做到这一点不是吗?"夏落反问。

"话是这么说没错,可是要怎么吊?"项远野已经入了夏落的套,他不再对夏落咄咄逼人,而是开始顺着夏落的思路思考。

"我们来回忆一下昨天下午三点时的情景吧。"夏落笑着走到电梯前面,"当时,我们所有人从房间里出来,正打算坐电梯下楼,宋清川却一直在房间里。"

"我说了,我在上厕所!"宋清川辩护道。

"我知道。"夏落点点头,"那时候管家何霖仁把电梯从一楼升上来,我们站在电梯里等,宋清川匆匆忙忙从房间里头跑出来。何霖仁管家让他进入电梯,从外面把栅门合上,把电梯降到一楼。"

"你到底想说什么?"宋清川不耐烦起来。

"你们不觉得哪里很奇怪吗?"

"何管家……原来站在电梯里,但清川来了之后他就退出去了……咦?"柳歆闻也发觉到其中的不对劲。

"是吧?当时电梯里就我们六个人,地方还空得很,为什么何管家要把位置让出来呢?"

针对夏落的这一疑问,管家何霖仁紧紧绷着脸,不做任何回答。

夏落再度把视线转回众人:"我们再回忆一下早上坐电梯上

楼的时候,各位还记得发生了一件很有趣的事吗?"

"你是说电梯超重的事情吗?"周长道第一个想起来这段插曲。

"没错。那时候何管家站在电梯外,迎我们进电梯,大家都走进去,慕斯是最后一个,结果她一踩进电梯就超重了,原因是她那行李实在太重,所以何管家就帮慕斯把行李搬上楼去,那时候电梯里应该有包括死者在内的七个人。那么我们可以判断出,这电梯的最大载重量其实就只够运我们七个人的,再加一件行李就会超重。"

"所以你是说,何管家下午故意退出来是为了不让电梯超重?开什么玩笑!那时候连他在内也只有七个人而已嘛。"宋清川笑起来。

"不,不是七个人,而是八个人。"夏落说出惊人的话来,"那个明明在电梯上,我们却看不到的人,就是死者宋清源。至于他在哪里嘛……"

站在电梯前面的夏落，按下了电梯的启动按钮。

"喀拉喀拉"——那让人生厌的齿轮搅动声响彻整栋别墅，电梯徐徐上升，所有人都瞪大双眼，看到了难以置信的一幕——一直没看到人的侦探助手慕斯，被人五花大绑吊在电梯底部，随着电梯升起，她被越拉越高。

"嘤嘤嘤嘤，夏落大坏蛋！说什么要我帮忙，居然就把人家捆起来吊到电梯底下！放开我啊！好可怕啊！夏落大坏蛋嘤嘤嘤嘤！"慕斯整张脸都哭花了，对夏落粗鲁又可恶的行为，内心抱以千万句咒骂。

"如大家所见，电梯升上二楼的时候，宋清源被人用绳索套住脖子，像这样吊起来，死在了大家的脚底下。"这时候夏落的笑容看起来完全不像什么纯真少女，反而让人有种错觉——她的头上有一对尖尖的恶魔角，背后小恶魔的三角形尾巴正张狂地摇晃。

夏落抬起自己的手，食指如同穿破重重迷雾的路标一般，直直指向站在沙发后的那个人。

"现在答案已经很清楚了,能够在我们面前杀死宋清源的,只可能是你——管家何霖仁!"

所有人都转过头去,盯着管家何霖仁那已经铁青的脸,哑口无言。而这里最震惊的,恐怕就是对管家抱有好感的村警方小缘。

"喂喂,弄错了吧?何管家怎么可能是凶手……"

夏落无奈地叹口气,说:"很抱歉,只能是他,因为当时他站在电梯外面,如果他不是凶手,看见电梯下面吊着的尸体怎么可能不声张?"

"可是,"方小缘还不死心,继续替管家何霖仁辩解,"可就算是这样,也许是何管家本来对宋清源也有恨意,所以他选择为凶手保密。宋清源是个挨千刀的浑蛋啊!"

"目前所有的证据都对他不利,我真的没法帮你。"夏落摇摇头。

"你说证据?证据在哪里?说啊!"方小缘颤抖着双唇,开始语无伦次。

夏落盯着方小缘的眼睛好一会儿,虽然不想伤她的心,但依旧不得不把残酷的真相摆在她面前:"证据一就是你怀里的恐吓信,那上头应该有管家何霖仁的指纹。"

"有指纹是很正常的吧!是何管家把信拿给宋清源的,怎么可能没有指纹?"

"不,正常情况下,应该不可能留下他的指纹。并且,这栋别墅当中,除了何霖仁自己的房间之外,任何地方都不可能留下他的指纹。"

"你说什么?"

"从昨天到现在,你们有谁见过何管家脱下自己的手套?"

没有——所有人脑子里跳出这个念头。

"何管家工作真的挑不出一丝毛病,优雅又大方,尽职尽责,要是有个诺贝尔管家奖,我一定第一个想要给他。是不是这样?赵强雄先生,秋茉莉小姐?"夏落把这个问题丢给厨师和女佣。

两个人都点点头。

"那么,你们有没有看到过何管家在工作的时候不戴手套?"

两个人又摇摇头。

"是是,何管家对工作太负责,总是戴着白手套。脱下手套只有两种情况,一个是不工作的状态,另一个,就是要和人握手的时候。那四封恐吓信是凶手写的,凶手当时有没有戴手套我不清楚,不过凶手把信投进别墅的信箱里,何管家拿给宋清源的时候,是戴着手套的。如果这些恐吓信上出现何管家的指纹,那不是太不可思议了吗?当然,何管家,或者说凶手,在制作恐吓信的时候也戴着手套的话,这信封上还真验不出死者以外的人的指纹来。"

"这绝对只是猜测!"

"那我再解释一下恐吓信的事情。凶手给死者寄恐吓信,并不是为了吓他,凶手的真正目的是让死者在午餐中途离开我们,这是他计划的第一步。死者接二连三接到恐吓信,精神上开始产生压力,这关系到一个秘密,也许在场的各位还不知道,那个被宋清源强暴的女佣,半年前已经自杀身亡。正是因为这件事,宋清源看到恐吓信的时候才会大惊失色,因为这表示有人要为那位惨死的女佣复仇!

"昨天和我们一起吃饭的时候,凶手又让恐吓信出现在死者面前,看到这东西,宋清源当然没有心情再陪我们吃饭,自己回了房间。这时候,凶手,也就是何管家,光明正大地以送饭为借口上去找他。而这么做，正是为了杀他。凶手计划了很长时间，刻意选择昨天客人到来的日子下手，就是为了让我们所有人成为他的证人，好让他洗脱嫌疑。"

夏落看着管家何霖仁，尽管这个男人脸上没什么表情，可是额头已经开始渗出汗水。

"你送午餐到三楼的书房，在那里袭击了死者。这太容易了，在别墅里工作了半年的管家，站在主人身后，主人完全没有戒心。不过，在检查宋清源尸体的时候并没有发现他头部有其他的伤，所以我推测你是用了乙醚。你把宋清源弄晕以后，把他搬到电梯上，运到地下室，用事先准备好的绳子绑住他，再用胶布封住他的嘴，然后套上绳套，一切就准备好了。做这些事情很方便，前后也就十分钟，那时候我们所有人都还在餐厅里用餐，你完全不用担心会被人撞见。接着你再端着盘子，装作宋清源已经吃过午餐的样子，若无其事地回到餐厅就行了。"

"等等，这样也不对吧，就算不挑吃午饭的时间，一点半到三点这段时间也可以做啊，大家都在自己的房间里，谁都有机会的不是吗？"方小缘又提出了新的疑点。

"不，那样做被人撞见的可能性会相当大，谁知道谁会跑出来走动。周长道先生不就回房后又出来上三楼找过死者吗？当然那时候他已经在电梯底下了，你自然找不到人。"

周长道听到这样的事实浑身一震，心里说不出是什么滋味。

"把宋清源搬下楼需要用到电梯，毕竟扛着一个成年男子在楼梯上走动并不方便。大家记得昨天下午我们总共听到几次电梯启动的声音吗？只有两次而已。一次是何管家送午餐上楼，一次是何管家从三楼下来。我和慕斯的房间最靠近电梯，尽管墙壁可以隔音，但是门外的声音多多少少还是可以传进来，在午饭过后到三点的这段时间，我完全没有听到过电梯的声音。还有，柳歆闻小姐……"

"哎？"听到夏落突然叫自己，柳歆闻先是一愣，环顾一圈之后才确定夏落确实是在喊她，"什么事？"

"昨天下午我们在收藏室门口的时候，你说过这样的话吧？你说，我们在下来之前电梯是在一楼的，还说午饭后谁都没下过楼，也只可能是宋清源自己下楼了，对吗？"

柳歆闻点点头："是的，昨天下午我第一个从房间出来，走到电梯口的时候，看到电梯停在一楼。"

"各位难道没发现奇怪的事情吗？何霖仁管家送午餐上楼，再端着空盘子下来，用过两次电梯，按照正常逻辑，下午三点的时候电梯该停在二楼才对，柳歆闻小姐却看到电梯停在一楼。何霖仁管家，为什么你送完午饭回来要跑去一楼，再从楼梯走上来呢？总不是为了锻炼身体吧？"

"我不知道你在说什么。"管家何霖仁终于开口，但说了也等于没说。

"没关系，这里有另一条证据可以证明你是凶手，那就是我们吃的午饭。"

"午饭？"始终站在最后面的厨师阿雄开口道，"午饭怎么了？"

夏落看向阿雄，这个比她高出太多的男人一脸迷惑的表情。夏落说："你说过的不是吗？客人吃的东西，和你们几个在别墅工作的人吃的东西是不同的，而宋清源昨天中午则吃了和我们一样的东西。"

"没有错，一直都是这样子。"

"那么方小缘……"夏落又转向方小缘。

"干吗？"

"你在昨天下午一点半的时候看到管家何霖仁出去丢垃圾对吗？"

"是的。"

"我们昨天中午吃的是排骨和鱼，我想世上应该没有人会把骨头这种东西也吞进肚子。但是袭击死者，并把他带到地下室这一系列动作也需要时间，凶手可不能等死者悠哉游哉吃过午饭再动手，搞不好我们都吃完了他还没把人搞定，到时候就前功尽弃了。所以，凶手是在死者没吃之前，或者刚吃没几口时就动了手。接着凶手该怎么办呢？总不能拿着原封不动的食物回去吧？拿个空盘子回去更可疑。为了不让厨师和女佣起疑心，他只能自己吃掉那些东西。不过，我想他也就咬了几口，装成吃过的样子，一来为了节省时间，二来等一下自己还得下去吃午饭，不能露出破绽。那么昨天何管家端着盘子回来的时候，那盘子里的骨头什么的，就是他自己吃剩下的。其他没吃完的东西就倒进事先准备好的垃圾袋里暂时放在地下室，等有机会了再拿出去丢掉。我特地去了垃圾箱那里，把昨天我们午饭吐出来的那些骨头翻出来，还有那个何霖仁管家丢掉的垃圾袋，全部在这里。"

夏落把两袋散发着浓烈臭味的垃圾丢在众人面前，所有人都捂着鼻子躲得远远的。

"我知道这很臭，找它可是花了不少力气呢。"夏落拍拍手接着说,"将这袋子里的骨头和剩余食物拿去化验的话,一定能够验出你的DNA!明明只有主人和客人吃过的东西,却有你的DNA在上头,总不能解释成你把我们吃剩的东西又舔了一遍吧?那样就算你没杀人我也得报警抓你,因为你太变态了。"

第二个证据,管家何霖仁已经无路可逃。

然而夏落的推理秀还没有结束,接下来才是高潮部分。

# CHAPTER 13

　　仅仅只是指认出凶手，那并不是夏落想要的，因为这案子还有太多谜团。无论如何，必须把真相还原，必须阻止更重的罪孽发生。没有人有权夺取他人的生命，不管有多深的仇恨。

　　这时候，夏落开始吃她的第二根棒棒糖，为自己的大脑补充能量。

　　"接下来我要说的是，宋清源为什么会被沉在鱼缸里。这是证明凶手是何霖仁管家的第三条证据。"

　　"不是为了吓我们吗？"女佣茉莉小心翼翼地说道。对这个女孩来说,宋清源那沉在鱼缸里的可怕死状将是她一生的噩梦。不管过去多少个夜晚,她都将无法忘记那死不瞑目、充血通红的双眼。

"不是,凶手的每一步行动都是精心计划好的,绝对不会做多余的动作。把尸体放进鱼缸里,也是他计划的一环,但目的不是制造恐怖视觉效果。我刚才已经说过,宋清源被吊死在电梯底下,接着我们乘坐电梯到达一楼,大家去往收藏室,继而发现宋清源失踪。之后你们一直在大厅里,虽然偶尔离开一下,但没有人靠近过那座电梯,连同何霖仁管家也一样。也就是说,宋清源一直在电梯底下。项远野先生,你觉得在那种狭窄的空间里,尸体一直那么放着,会发生什么事情呢?"

项远野一拍脑门,马上说:"变得僵硬!"

"没错。"夏落点点头,"尸体一直在电梯底下,时间一长便僵硬了。等到何霖仁管家把尸体从电梯上解下,尸体已经变成蜷缩着的奇怪姿势。尸体上的擦伤也是因为电梯落下造成的。凶手这时候必须做两件事,一件是让尸体在第二天一早被发现,因为越早发现越能够精确计算死亡时间，自己的不在场证明才能成立。至于第二件事，自然是让这蜷缩成一团的尸体看起来合理。要是随便放在大厅里，任谁一看见这样子的尸体都会想到死者死前是被关在什么狭窄的地方，不是吗？精心安排的杀人计划就因为这种原因而败露的话，可是很糟糕的。所以何霖仁管家才要把尸体放进鱼缸里，这样尸体蜷缩着也不会显得奇怪。

"是因为蜷缩成一团所以才要放进鱼缸里，而不是因为放在鱼缸里才蜷缩成了一团……"项远野反复念了几遍，突然不寒而栗。能把杀人计划考虑到这种地步，简直不是人的行径，是残酷无情的杀人魔。

夏落继续说："昨晚我和慕斯从外头回来，看到你们在大厅里吵架，大家一拍两散，接着整栋别墅突然停电。这其实也不是偶然，而是何管家动的手脚。我后来在电闸附近发现了这种被炸碎的小塑料片，显然有人在保险丝上安了一个小的爆炸装置，用红外遥控就能控制。他把保险丝炸断，整栋别墅就停电了。目的是不让你们乘坐电梯上楼。这可不是闹着玩的，当时尸体还吊在电梯底下，你们要是坐电梯上楼的话，可不能保证继续留在大厅里的人不会看见这诡异的一幕。之后,他便借口修电闸进入地下室,把尸体解下来。顺带一提,因为地下室到处是灰尘,所以宋清源的衣服上也沾着灰,把他尸体沉到鱼缸里的第二重意义便是洗去衣服上的灰。但是不能泡太久,否则会影响死亡时间的推算,这也是为什么项远野先生验尸的时候发现尸体并没有在水里放多久。那么,别墅里能够掌握第一个发现尸体的女佣茉莉的作息时间,又能方便接近电闸的人,当然只有管家何霖仁了。而且,昨晚停电的时候何霖仁管家还对我们说,地下室会有积水,让我们别下来,可是刚才我们下去调查的时候可不是这番景象啊。你不让我们进地下室,不就是怕我们看到电梯底下的尸体吗?去调查电闸的时候你也说过类似的话,只是不想让我们靠近电梯罢了。"

"可这样的话,女佣是共犯的可能性也很大吧?"项远野提出了不一样的观点。

"我不是!我绝对没有做那种事情啊!"女佣茉莉急了,拼命摇头。

"她不是共犯,刚来两个星期的她甚至不知道这别墅的墙壁是隔音的,早上她不是说过吗,自己早上起来下楼打扫,但是害怕电梯会吵到客人,所以走了楼梯。可实际上,我们在房间里能够听到电梯轻微的声音,却绝对不会被吵到,这点管家可是很温柔地提醒过我的。如果女佣是共犯,那么她不可能不知道这一点。"

"啊,谢谢!"女佣茉莉听到夏落为她辩护,高兴得简直要哭出来,不停地对夏落道谢。

"你还有什么要为自己辩护的吗?"夏落看着管家何霖仁,九局下半最后一记全垒打击出,这场事关生死的较量已经定下了结局。

"不!还有一个地方说不通!"项远野似乎铁了心要和夏落对立到底,他站起来,试图做最后的挣扎,"老宋死的时候不是留下了死亡留言吗?右手紧紧拽着左手的无名指。那个是什么意思?"

"那个啊?"夏落走到项远野面前,抓住他的左手举起来,微微笑着对他说:"看看你自己的左手无名指,上头有什么?"

"结婚戒指?"项远野终于发现宋清源右手抓住左手无名指那个暗号的意思,"这么说的话——是说左手无名指有戒指的人是凶手咯!"

他转过头,周长道、宋清川还有柳歆闻也举着自己的左手,他们三个人无名指上同样戴着戒指。

项远野马上改口道:"那么就是左手无名指没有戒指的人是凶手!"

与此同时,管家何霖仁也脱掉了他一直戴着的手套,在他的左手无名指上,同样有一枚结婚戒指。

"别傻了。"夏落嘲笑项远野,"我一开始也这么怀疑过,所以故意让他和我握手,想要知道他到底有没有戴戒指。很遗憾的是,这个帅管家明草有主。"

"浑蛋！你耍我吗？"项远野发起怒来。

"是你自己一厢情愿才对！"夏落反咬他一口，"宋清源那个留言想要告诉我们的，并不是凶手无名指有戒指，他是想说，凶手已婚。"

"这不是一样的吗！"项远野一次又一次被夏落戏弄，忍耐力差不多要到极限了，自己活了大半辈子，在医院里位高权重，可从来没有被一个小丫头这样羞辱过。

"这不一样哦。"夏落放开他的手，又从自己口袋里拿出一张折成四方形的纸片来，她把纸片展开，举到项远野面前，一字一句让他看清楚。

"这是我拜托警局的朋友查到的，何霖仁管家的户籍资料。"

项远野沿着姓名栏一行一行往下看，直到视线落到婚姻情况那一栏的时候，吃惊地张大了嘴。

何霖仁，男，未婚。

"未婚？那他的结婚戒指是怎么回事？"

夏落不想再和项远野纠缠下去，她收起那张户籍资料，径直走到管家何霖仁面前。这个男人如同钢铁一般直直地站立着，眼神里却满是灰败。总是彬彬有礼，说话不紧不慢，服务周到的帅管家，在杀人计划被夏落全部揭穿之后，最后剩下的，居然是大势已去的解脱。

脸上的怒意并未有一点点平息，反而愈演愈烈，但夏落极力抑制着这股情绪，把内心凶暴的猛兽紧紧锁住。她问何霖仁："黄淑月是你的未婚妻，对吗？"

毫无征兆，一行眼泪从这个总是冷着脸的男人面颊上淌下，他再也抑制不住内心的悲伤，用无比绝望的声音，告诉在场的每一个人——

"我们本来打算今年春天结婚……"

多余的事情并不需要夏落解释，黄淑月这个名字，不管是项远野还是宋清川，又或者周长道以及柳歆闻，他们都很清楚在半年前究竟发生过什么事情。尽管他们并不知晓这件事导致黄淑月自杀身亡，但谁都清楚，自己最爱的人遇到这样的事情，化为地狱的厉鬼将那个无耻浑蛋碎尸万段绝非不可能。

"我和小月是在联谊聚会上认识的，那时候她刚刚毕业，在找工作。尽管年纪相差挺大，但我们是一见钟情。那时候我的事业正在上升期，每天想的都是拼命往上爬。但小月的出现让我意识到自己想要一个家庭，想要负起更多的责任。所以交往没多久我便向她求婚，小月答应了。但是，她有一个条件，希望我能给她一年的时间。"

断断续续诉说着自己的故事，这个化身为可怕的杀人恶魔的男人眼睛里却是满满的柔情，他抚摸着左手上的戒指，沉浸在无尽的回忆当中。

"其实我一直反对她离开城市去什么偏僻的山村，我同样不舍得放下自己的事业陪她到处旅行。现在想来，完全是我的自私才害得她……小月她很向往乡间田野的风景,能看到日升日落,能看到星星,憧憬在那样的地方生活。我说,等我们将来老了,退休了,孩子不用操心的时候,我就陪她去她想去的任何地方。但小月说她等不了,所以才提出那样的条件,让她在结婚之前去体验乡间生活。所以在我们订婚之后,便约好给她一年的时间。可我万万没有想到,一年后,我见到的却是她冰冷的尸体……"

何霖仁盯着自己左手上的戒指,那段痛苦不堪的记忆再度刺痛他的心,他想起自己去认尸那天,警察对他说的话:"何霖仁先生,请您冷静一些,我们知道您很难接受这样的事实,但是我们已经调查清楚,黄淑月小姐确实是自杀身亡。"

自杀?这不可能!他们马上就要结婚,她绝对不可能自杀,她一定是被人杀害的!

"这是她留下来的遗书,我们已经做了笔迹鉴定,确实是她亲手写的。无论如何,请您节哀。"

何霖仁露出好似解脱又像放任的笑容。在夏落和慕斯眼中,这个男人对这个世界最后的眷恋似乎随着大仇得报而逐渐远去。

"遗书……多么可笑！上面只写了三个字啊，怎么能凭这三个字就断定是自杀？"何霖仁双手掩着自己面部，眼泪不停地从指缝中溢出，他说到这里，突然停下，发出歇斯底里的笑声，"全他妈放屁！"

咆哮着的何霖仁仿佛失去控制，一切的不甘和痛苦以及无穷无尽的仇恨从他胸膛中冲出来，让每个人都亲眼看到一个温和的男子是如何活生生被逼成了野兽。

"之后我打听到她死前工作的地方，并找到那两个被辞退的厨师和管家，从他们嘴里听到小月死亡的真相——宋清源，这个畜生不如的东西！我发誓，就算追到地狱也一定要让他遭受这世上最严厉的刑罚！绝对！不会放过他！"

这个男人脸上已经看不到正常的神态，痛苦让他的脸变得无比可怕，谁也无法忘记何霖仁立下毒誓时的面容，那是被仇恨火焰所焚烧的，世上最狰狞的面孔。

"所以你才辞掉酒店的工作来宋清源的别墅做管家,而且潜伏了半年时间让他对你完全信任,最后才杀死他。"

"哼!我不会让他死得那么痛快。宋清源根本没有反抗的余地,我甚至连迷药都没用,直接掐住他的脖子让他昏厥,接着就像你说的那样把他带去地下室弄醒。他当时看我的表情,哈哈哈哈哈哈,那真是叫人痛快至极啊。我给他脖子上套上绳子的时候在他耳边说'我是小月的丈夫哟',哈哈哈哈哈哈,听到他哀号的声音真的太痛快了!让他在那又窄又黑的电梯底下,让他尝尽死亡的折磨和煎熬!最后再让他最宝贝的电梯把他吊起,让他一分一秒被死神割走灵魂。真想看看他被吊死时的样子啊,可惜……"

"太过分了……"夏落嘎吱一声将嘴里的糖块咬碎,愤怒爬满她的脸,"不管有多大的仇恨,谁都没有权利夺走另一个人的生命。用杀戮终结怨恨,最后只会让悲剧不停轮回下去。你完全没有醒悟,你所做的是在制造更多人的悲剧。宋清源的死可能导致他的茶叶公司倒闭,继而很多人会失业,甚至还有人会遭受和你一样的悲剧。你的复仇剥夺了他人的幸福。真的太过分了!"

"我才不管那么多！我只有一个小月！谁将她从我身边夺走，我就算变成鬼，也绝对不会放过他！"

就算变成鬼……管家何霖仁如今这副可怕的模样，不就是一只活生生的鬼吗？所有人都不敢看他的眼睛，害怕被那仇恨的利刃刺伤。

"啊——不要——啊——"

很意外地，发出这声尖叫的竟然是宋清川。面对管家何霖仁的他似乎受到非常严重的惊吓，甚至瘫坐在地上，脸色发白，语无伦次。

"不要杀我！我知道错了！我现在就去自首！不要杀我啊——"

怎么回事？宋清川为什么会突然失控？

"那个女佣，是我叫我哥拿钱摆平的！我那天喝多了酒！对不起！对不起！多少钱我都愿意赔给你，不要杀我啊！啊——"

就连夏落都想不到，这转折竟然如此突然，半年前强暴女佣小月并导致她含恨自杀的人不是宋清源，而是他弟弟宋清川？这么说，宋清源是为了保护自己的弟弟才背了这个黑锅，并出钱把事情平息吗？

"你——这——猪——狗——不——如——的——东——西——！"

刚刚坦白了一切罪行，已经没有什么好辩解的管家何霖仁听到宋清川这番自白，整个人陷入癫狂，他如同一头发疯的公牛，赤红的双眼喷射出比地狱业火更加灼人的恨意，原本藏在身上打算自尽的小刀这时候也亮出了凶光。

在畏罪自杀之前，还有一个人必须死！

"不要！"

场面已经失控，所有人都唯恐避之不及，而夏落被发狂的管家何霖仁一下撞倒，就算能够洞察真相，就算拥有超绝的推理能力，可她毕竟只是个柔弱的女孩，在面对一个失去理智的男人的时候，自己的力量实在微不足道。

"不要杀他啊——"一向只靠头脑并且只相信科学的夏落，第一次想要向神灵祈求，希望能降下奇迹，阻止悲剧发生。

就在这时，一个娇小的身影挡在管家何霖仁和宋清川之间，那人的个子实在太小了，根本不可能挡得住。

"慕斯——不要——"夏落喊出那个人的名字。

曾经那血色的记忆浮现在眼前，同样是一个自己曾经最爱的人，也是这样不顾一切挡在自己的面前，最后飞溅的鲜血染红了自己的衣襟。

不可以！不可以！不可以！不可以！

已经失去了重要的亲人,绝对不能再看到有人死在自己面前了!

"慕斯——"

原本被夏落吊在电梯下的慕斯,因为夏落过于投入推理秀而遗忘了她的存在,幸好方小缘帮忙解开她的束缚。本来生着闷气的慕斯发誓自己这辈子都不要再搭理夏落,可是看到管家何霖仁撞倒夏落并举着刀子发狂似的冲向宋清川的时候,她脑子一片空白,冲了上去。

可笑的是,她又有什么能力阻止这一切呢?管家何霖仁这时已经完全不顾周围人的死活,不管是谁挡在他面前都会被杀。

"完了!"慕斯心里咯噔一下,看着向自己刺来的明晃晃的刀子,内心无比绝望。她听到夏落喊她,她也看到夏落那差点哭出来的脸,她还看到夏落眼睛里的不甘和不舍。这个家伙,表面上一直把自己当笨蛋似的戏弄,原来也会舍不得吗?那一瞬间,慕斯原谅了夏落,可是,就算原谅了又能怎么样呢?刀子已经刺到胸前，不过一秒的时间，便要永远和夏落说再见。

"对不起，夏落，你放在冰箱里的最后一个布丁是我吃掉的，虽然你应该推理出来了，但还是应该亲口向你道歉才好吧。还有，和你做室友其实挺开心的，要是薪水再多一点的话就更好了。"

慕斯闭上双眼之际，却感受到一股巨力将自己推开，她惊讶地睁开眼睛，看到方小缘站定在管家何霖仁面前，左手一记手刀劈在他举刀的手腕上，凶器顿时脱手飞出。接着她右手握拳，一记正拳又快又狠地击向管家何霖仁的腹部。只见这个男人双眼突出，整张脸涨成猪肝色。最后，方小缘左手拽住他的手腕，右手往上抬抓住他的领口，整个人转过半周，管家何霖仁完全没了重心，身体被方小缘牵引着腾空而起，越过她的肩膀，然后，"轰隆"一声，一记又凶又狠的过肩摔把他重重砸在地上。

夏落突然想起之前在电话里伊小西对她说的有关方小缘的事情——

"你刚才说的那个方小缘，我知道哟！她是全国警察自由搏击大赛的冠军哦！决赛上打败了我们家伊诺，所以我记得很清楚。还想说是哪里的厉害人物呢，问了才知道是原崇县小山村里的村警，反正伊诺恨她恨得要死，处在她今生一定要打败的人物排行榜的第一名，恭喜你现在下降了一个名次哦。"

知道这种八卦一点也不高兴吧。

"要是杀人就能解决事情的话，我早就把宋清源和他弟弟一巴掌拍死了！"方小缘冲着地上六神无主还没有从过肩摔的晕眩中回过神来的管家何霖仁咆哮。要是早一天，夏落和慕斯听到方小缘说这样的话，绝对会嘲笑她，可是现在，她们相信方小缘绝对有这能力。

"我当警察就是想用正确的方式帮助人！不然你以为人们制定法律是为什么？付诸暴力这种做法，绝对是最傻的！你这样的男人怎么可能配得上小月？"

"哇！好帅哦——"夏落和慕斯被方小缘这一番认真说辞震

慑到，不由自主地为她鼓起掌来。

真相大白之后，笼罩在这栋别墅上方的恐怖阴云已经散去，这栋染满鲜血的不祥别墅和那口不断宣告不幸的丧钟，在午后和煦的阳光中，显得如此温柔。警车的鸣笛由远及近，昭告着犯罪者终将无处可逃。

躺在地上的管家何霖仁，他断断续续哭泣的声音，不知道是悔恨，还是不甘。

# 尾声

距离丧钟馆恐怖离奇的杀人事件一周后,在一个阳光明媚的中午,在A市贝壳街221号B栋的公寓里,一如既往地,夏落和慕斯静静地享受着她们的午餐。

说是午餐,其实只是从附近叫的外卖而已。

"这便当好难吃啊……惠姐,给我们做饭啦。"夏落嘴里叼着木筷子,正对楼下一个劲儿往脸上涂脂抹粉的房东惠姐抱怨。此时她穿着居家服,戴着黑框眼镜,头发用刘海夹随意夹起,光着脚,一副邋遢的样子。

"我说过的哦,我不做饭的,所以正餐自己想办法。"惠姐不理夏落,自顾自做事。

"可是自从吃过那栋别墅的饭之后,吃什么都没味道了啊。"夏落噘起嘴,一副耍赖的态度。谁会料到这个在家里除了吃就是睡,不然就是耍耍小性子的女孩会是屡破奇案的侦探呢?

"那你去把那个厨师请到这里来呗,手艺好的话,我就花钱雇他。"惠姐让步道。

"我要是找得到还用得着喊你吗?"夏落表示自己对此无能为力。

"哟,还有我们的大侦探夏落小姐找不到的人啊?真稀奇哦。"惠姐揶揄她。

夏落毫不留情地反击道:"讨厌的惠姐,臭老太婆,哼!"

"啪——"惠姐手里的眉笔被折成了两截。

"臭丫头,这个月房租收双倍哦!"她怒气冲冲地冲楼上吼。

"吃饭的时候安静一点好不好?"慕斯终于看不下去,喝止了夏落。

"好吧。"夏落乖乖坐回沙发,继续往嘴里扒饭,还时不时翻翻眼前报纸的社会版。

慕斯发现一件很有趣的事情,自从她们从丧钟馆回来之后,夏落对她的态度似乎有了变化。虽然依然任性妄为,但不知道为什么,只要自己一开口,夏落就会变得很听话。难道良心发现了?

"说起来,宋清源的私生子还没查到对吧?"

"嗯,是这样。"夏落点点头,"我问过那个律师,他开始死也不说,最后用了点手段才套出他的话来。"

"嗯？你说的手段该不会是动用了你哥吧？"慕斯看着夏落，夏落一脸被说中的狡黠笑容。

"那个律师说，这笔遗产是给黄淑月的父母的。"

"是为自己的弟弟赎罪吗？"

"据宋清川交代，他早就爱上了黄淑月，才一时糊涂。后来他是想用钱叫黄淑月别声张，但黄淑月执意离开，还留了字条给宋清源。"

"就是'我走了'那三个字吗？"

"不只那三个字，不过被宋清川撕了。黄淑月走的时候宋清川极力挽留，两人在楼梯口争执，黄淑月失足跌下了楼梯，摔断了脖子。意识到问题严重性的宋清川叫来他哥，两人一合计就把尸体运到邻县的山崖丢弃，并伪造了自杀现场。这就是整个事件的经过。"

"哎？失足？"

"黄淑月的遗体早就火化了，死无对证，只能听宋清川一面之词。伊诺现在在调查这段证词的真实性，到底是意外还是他杀，很快会水落石出。"

"宋清源到底是好人还是坏人？真的搞不懂。"

"中国有句古话叫'长兄为父'，宋清源和宋清川差那么多岁，也许宋清源从一开始就没有把宋清川当弟弟看待呢？任由他在外头胡作非为，依然给他提供避风港，甚至包庇他犯罪，这根本就是溺爱。人类的感情就是这么不可理喻，亲情、爱情这些东西，尤其奇怪。为了至亲至爱的人，天使会堕落成魔鬼，魔鬼同样会变成天使。"

"就像之前那个面馆的老板娘，还有这次的管家……"慕斯点点头，若有所思道。

夏落的眼神突然黯淡下来，大大的眼睛蒙上了一层雾气，她说："慕斯，答应我，以后不要做那种傻事了。我不想再看到有人为我死掉。"

"哦，我知道了啦！"慕斯低头扒着饭，耳朵越来越红。

窗外射进来的阳光暖洋洋的，两个人之间只有一只拳头的距离。夏落微微靠向慕斯，完美无瑕的侧脸带着一种欲说还休的娇柔，长长的睫毛一根一根可以细数到。从耳后一直到脖子，每一寸肌肤都闪耀着漂亮的光泽，发丝散落在她的肩膀，洗发水清新的香味挑逗着慕斯的嗅觉，气氛变得有些微妙。

"喂，夏落……"

"嗯？"

"我……"

"抱歉打扰一下！"惠姐在这个节骨眼上突然走上楼。只见慕斯像触电似的从沙发上弹起，慌里慌张的样子好像一只正在偷吃的猫。

"有客人到哦。"惠姐眼神暧昧地看着她们两个，嘴角带起莫名其妙的笑意。

"客人？"慕斯没注意到惠姐的表情，倒是被"客人"两个字吸引去注意力，"又是生意上门了吗？"

"出大事了！"夏落一听到那人上楼踩楼梯的声音，心里就觉得不妙。

踩楼梯的力道相当重，表示这个人双腿结实有力。可是步伐的频率和慕斯差不多，表示对方身材矮小，应该是女性。那人踩第一脚楼梯和踩第二脚楼梯的间隔时间比之后每一步要长出一秒，说明那人在走上来之前有过犹豫，来找她八成不是委托调查，而是单纯地有求于她。踩楼梯的声音左右脚不一致，这人是带着包来的，而且那个包分量还不轻。虽然很淡，但是那人走进房子的时候，夏落隐约闻到了竹炭和泥土的味道。

综上所述，来访的客人很有可能是——

"哈啰——是我啦，方小缘，还记得吧？原崇县那个小村警。"

慕斯下巴顿时掉到了地上，夏落却一副"果然是这样"的表情。

"我已经决定了，要来大城市闯荡！不过暂时没有住的地方，能不能麻烦收留我几天啊？我睡沙发就可以了！一定不会给两位添麻烦的！"

救命啊——慕斯的内心在呐喊。

只顾吃的大侦探夏落，从来没红过的偶像慕斯以及突然来借住的除了自由搏击一切皆废柴的方小缘，在这家开在市里一条叫贝壳街的不起眼的小街道上的侦探事务所里，三个女孩还会遇到怎样的诡秘事件呢？真的非常期待。

## 图书在版编目(CIP)数据

少女福尔摩斯.2,丧钟馆杀人事件 / 皇帝陛下的玉米著. -- 上海：上海社会科学院出版社，2019
 ISBN 978-7-5520-2768-6

Ⅰ.①少… Ⅱ.①皇… Ⅲ.①侦探小说－中国－当代 Ⅳ.①I247.5

中国版本图书馆CIP数据核字(2019)第097911号

## 少女福尔摩斯.2,丧钟馆杀人事件

著　　者：皇帝陛下的玉米
责编编辑：王　勤
封面设计：人马设计
出版发行：上海社会科学院出版社
　　　　　上海顺昌路622号　邮编200025
　　　　　电话总机021-63315900　销售热线021-53063735
　　　　　http://www.sassp.org.cn　E-mail:sassp@sass.org.cn
印　　刷：上海盛通时代印刷有限公司印刷
开　　本：890×1240毫米　1/32开
印　　张：6.5
字　　数：110千字
版　　次：2019年7月第一版　2019年7月第一次印刷

ISBN 978-7-5520-2768-6/I·331　　　　　　　定价：39.80元

版权所有　翻印必究